口に含むのではなく、まるで子猫がミルクを舐めるように舌先だけで転がす。

「あ……、や……っ」

堪らなくなって、彼に手を伸ばす。

「抱き着いていいよ」

胸元から声がする。

JN042464

転生令嬢の婚約破棄後は王太子殿下と甘くとろける溺愛生活

火崎 勇

Vanilla文庫

目次

イラスト／吉崎ヤスミ

いいなあって、いつも思ってた。

鏡の中の自分は痩せてガリガリで、点滴の針をずっと刺してるからあちこち内出血していた。

最初は右腕。でもずっと針を刺し続けてると血管がダメになっちゃうからって次は左腕にして、両腕でもダメになったら脚に刺された、

脚がダメになったら手の甲。

全身に紫色や黄色い痕ができてた。

内出血の痕だけじゃなくて、目の下にも黒い隈があった。

強い薬を打ってたから、髪の毛も一杯抜けた。

身体の免疫が弱くなってるから、お医者さんと看護師さん以外には触れられなかった。

お母さんは、白い帽子とマスクと白衣を付けた姿でしか同じ部屋に居られなかった。

でも手を握ってもらえた。

お父さんと妹と弟は、ガラス越しに会っただけ。

「頑張ろう」

いつも言われる言葉。

「頑張って」

繰り返し、繰り返し。

担当のお医者さんが替わった時も、新しい看護師になった時も、頑張れば治るって言われ続けた。

知らないうちに小学生になって、知らないうちに卒業して。制服も見たことない中学生になって、そこも卒業した。

高校は行けなかった。

受験できなかったから。

いつか、ここから出られたら高校も大学も考えようねって言われた。

勉強はちゃんとしてた。

今はネットでできるから。色んな知識もそこで学んだ。

本はいっぱい読めたし、動かなくてもできるからお裁縫や編み物もやった。

私、水原有理（みずはらゆうり）は三歳からずーっと白い部屋の中。

とっても珍しい病気で、治るかどうかもわからなくて。お友達もいなくて、喋（しゃべ）る相手もいない。

看護師さんとは喋るけど、短い時間だけだもの。

「我慢してね」

「有理ちゃんなら頑張れるよね」

「もうちょっとだからね」

長い、長い間そう言われ続けて、もう夢も見られないくらい長い時間治療して、初めて聞いたことのない言葉を聞いたのは一カ月前だった。

「うん、数値も上がってきたし、来月には退院できるだろう」

新しく担当してくれた眼鏡の植杉（うえすぎ）先生はそう言ってくれた。

「ご飯も、ちょっとずつ増やしていこう」

固いものも、脂っこいものも食べていいって。

「ベッドから出られなかったから、リハビリしようね」

頑張れば走ることも泳ぐことも、自転車だって乗れるよって。

ずっといいなぁって思って憧れていた画面の中の可愛（かわい）い子達みたいなフリフリの服も着られるよって。

お父さんにもお母さんにも、妹や弟とも抱き合えるよって。

夢みたい。

でも夢じゃなかった。

「有理！」

「お姉ちゃん?」

本当に、私は退院できた。

ガリガリの身体のままだったけど、肌もガサガサで、内出血もあちこち残ってたけど、無菌室から出られた。

両親と大きくなった弟妹に、抱き合うのはまだ無理だけど握手はした。

ずっと寝てて骨がもろくなってるから抱き合うのはもうちょっと先なんだって。

「せっかくだから、我が家に帰る前にドライブしていこうか」

お父さんがそう言って、わざわざ遠回りしてくれた。

「美味しいスイーツの店があるんだよ。もう何食べてもいいんでしょ? 寄っていこうよ。お土産も買おう」

そう言ってくれたのは妹だった。

ガイドブックを買って、わざわざ調べてくれたらしい。

弟とはあんまり会話しなかったけど、思春期だからってお母さんが笑ってた。

頑張ってよかった。

私、これから色んなことをしよう。

何だってできるんだもん。

お洒落も、勉強も、買い物も、旅行も。やったことのないことを沢山しよう。

そう思ってたのに。

私の退院は半日も持たなかった。

妹が探してくれた可愛いカフェの前。家族は先に店に行って、私はぶっきらぼうな弟の手を借りて車から降りたところを、トラックに弾き飛ばされた。

気が付いて、弟を突き飛ばしたのは覚えてる。

ああ、私が生き延びた意味ってこれだったんだ。弟を助けるためだったんだ。

迫って来る車体を見て、そう思った。

よかった。

沢山の時間とお金を使って、今日まで生きてきた意味が一つだけでもあって。

そうして、私は目を閉じた。

永遠に……。

と、思ったのに。

再び目を開けたら真っ白いところにいた。

病院？　またあそこに戻ったの？

最初はそう思ったけど、違う。点滴も血圧測定器も、何にもない真っ白な空間。床とか壁とか天井もない。

ただ、ただ白い光に包まれた場所。

ううん、たった一つだけ色はあった。

「死にたい」

ポツリと物騒なセリフを零(こぼ)したオレンジ色のドレスを着た女の子の姿。

「死んだ方がいいんだわ」

私はその娘に向かって歩いていった。

「死んでやり直したい」

あまりにも何度も『死』を口にするので心配になる。

「ねえ、どうしたの？」

私が声を掛けると、女の子は振り向いた。

うわぁ、可愛い。

金色のふわふわで長い髪。何もかもが小さくて形のよいパーツの顔。睫(まつげ)は長いし鼻は高いし唇はふっくらして、ビスクドールみたい。

歳は十三、四歳くらいかな？

真っ青な瞳が涙を湛(たた)えてキラキラ光ってる。

「どうしたの？　どこか痛いの？」

私が訊くと、彼女は細い腕を見せた。

細いといっても私のように病的にガリガリなんじゃなく、年齢からくる細さで、すっきりとして張りがある。

「ここ」

彼女が示した二の腕には、何かが当たったような痕がある。

「ブスバカの妹が投げたカップが当たったの」

……随分攻撃的な性格みたい。見た目はお人形なのに。

「そっか、痛かったね。可哀想に」

慰めると、今迄キッとしていた顔がくしゃりと崩れ、彼女はぽろぽろと涙を流した。

「病気で苦しんでるのに、カップ投げたの」

「病気かぁ。私もだよ」

「私の方がずっとずっと苦しかったもの」

ぷくっと膨れる頰。

「そうだね。私は治ったから、あなたの方が苦しいね」

そう言って抱き締めてあげると、一瞬びっくりした顔をしてからぎゅっと私にしがみついた。

ああ、こんな風に誰かにしがみつかれるなんて初めて。妹や弟達もこうしてあげたかったな。

柔らかい金髪を撫で続けてると、彼女は恥ずかしくなったのか私を突き飛ばすようにパッと離れた。

「あなた、メイドには見えないわね」

「メイドじゃないわ」

「下働き？」

「うーん、何でもないかな？」

「変なの」

ここで気づいて自分を見ると、お母さんが用意してくれたレモンイエローのワンピースを着ていた。

うん、メイドや下働きには見えないわ。でもこんな言葉が出るなんて、ひょっとして彼女は中世のお姫様なのかしら？

「私、とっても不幸なのよ」

「うん」

お姫様なら逆らわない方がいいかな。

「お母様が亡くなった後すぐにお父様が知らない女の人を連れてきたのよ。アイジンだったんだわ。妹だっていう女の子なんて私と半年しか違わないの」

　連れ子再婚か。

「その女達が私をイジメるのに、お父様は何にも言ってくれないの。お部屋だって狭くて汚いところに移されたし、ドレスも誂えてくれないの。渡されるのは妹のお古。しかも飾りを外したものを半年に一枚」

「大変ね」

　半年に一枚のドレスがどれほど大変なのかはわからないけど。

　継子イジメってことね。

「その上病気になって……、苦しくて苦しくて、死んだ方がマシだわ」

「頑張れば元気になれるよ」

「いつまで?」

「うーん、いつまでかはわからないけど」

「もう随分長い間苦しんでるのよ?　これ以上苦しみたくないわ。薬も苦いし」

「でも薬を飲んだら治るかも」

「もう嫌なの。死にたいの」

「そんなこと言っちゃだめ！」

　死にたくなくて死んでしまう人だっているのに。頑張ればちゃんと生きていけるなら生きていく方がいいに決まってる。

　生きていれば、いいことがあるっていう夢が見られるもの。

　でも彼女は私に怒られたことで癇癪を起こしたように、いかに自分が不幸であるかを言い続けた。

　自分だって、お母様が生きてらしたら死にたいなんて考えなかった。

　でもあの人達が来てから全てが変わってしまった。

　人前に出ることも許されず、婚約者にすら会わせない。出される食事だって酷いし、部屋は汚い。召し使いもお母様がいた時からの者以外は冷たい。

　病気になってからはもっと酷い扱いになった。

　食事ができなくて、食べても吐いてしまう。薬は不味くて飲み下すことができない。そんなだから、ガリガリで骸骨みたい。

　何より酷いのは父親だ。

　私は誰にも愛されていないのだ。

　言ってるうちに悔しくなったのか、一時止まっていた涙がまた溢れてきている。

「もういいの、死んで、生まれ変わって幸せになるんだから！」

「ギリギリまで生きてみなよ」

「あなたみたいに呑気な人にはわからないのよ！」

「だってそんなに可愛いんだから」

「ここでは、ね。理由はわかんないけど、ここでは昔に戻れるみたい」

まだ子供なのに『昔』って。

思わず笑ってしまうと、それが彼女の怒りに火を点けたみたいだった。

「何よ！　あなたには私の気持ちはわからないのよ。そんなにうるさく言うなら、あなたが私の代わりに生きればいいじゃない」

「生きれるものなら生きたいわ」

私は静かに答えた。

多分、あの時私は死んだ。

最後に見たトラックの大きさとスピードからして、生きているとは思えない。せっかく元気になったのに、これから楽しいことをしようと思ったのに、何にもできないうちに死んでしまった。

生きれるものなら生きたい。それは私の本音だ。

「……じゃあ『私』をあなたにあげる。私はもういい。もう耐えられない。他の誰なら我慢できても、私には耐えられないの！」

彼女がそう叫ぶと、ただ真っ白いだけの空間にさあっと光が差した。

エンジェルラダーって言うんだっけ？　お芝居のスポットライトみたいなやつだ。

『いいだろう。ユリアーナ・ノア・クレゼールには新しい生を、水原有理にはユリアーナとしての人生を』

え？　誰の声？

きょろきょろと辺りを見渡す。

「ああ。神様、ありがとうございます！」

目の前で、少女が祈るように手を組んだ。本当に嬉しそうに微笑むと、光に包まれ、キラキラとした光となって消えた。

ああ、彼女は辛いまま生きていくことの方が不幸だったんだ。

そう思ってるうちに私も光に包まれ、意識が遠くなった。

え？　私、ユリアーナになるの？　ユリアーナってさっきの娘？　どんなふうに生きていたのかもわからないのに？

それに私、神様なんてそんなに信じてないのに、いいの？

「が……、頑張ってあなたを幸せにするね、ユリアーナ！」

もう一度生きられるのなら、その生をくれたあなたを、不幸だって言ったあなたを出来るだけ幸せにしてあげる。

今の声が神様なら、これからは神様も信じてみる。

それが水原有理の最後の思考だった。

身体が熱くて目を開けると、天井が見えた。

暗い。

病室でも、白い空間でもない。自分がいるのは暗い部屋だ。

身体を起こしたいけど、上手くいかなかったので首だけ動かして周囲を見回した。

「ここ……、ユリアーナの部屋なのかな？」

彼女は狭くて汚い部屋だって言ったけど、やっぱり彼女はお姫様だったんだろうな。

私としてはそんなに汚くて狭い部屋には思えなかった。

水原家は普通の家だった。三歳までしか住んでなかったけど、お母さんが家の写真とかを見せてくれたので、住宅事情はわかってる。

一度も戻れなかった私の部屋は六畳で、ベッドと机を置いたらいっぱいいっぱいの広さだった。

でもここはあそこより広い。

機材が色々置かれていた病室よりも広い。

寝てるベッドだって、寝心地はあまりよくないけど病室のベッドの二倍はあるんじゃないかな？

部屋の端には机が見えた。

ビューロって言うんだっけ？　机面を閉じられるやつだ。その隣には鏡台がある。鏡の上の方にヒビが入ってるみたいだけど。

壁紙は花柄だけど、やっぱり上の方が剥がれかけていた。

カーテンが閉まってるってことは、あそこに窓があるのだろう。

小さな丸いテーブルと椅子も置かれていて、手を入れれば可愛い部屋だと思うんだけど、お姫様の住む部屋じゃないかも。

「失礼します」

ノックの音とほぼ同時にドアが開く。

あそこがドアか。

入って来たのは、黒いワンピースドレスに白いエプロンと髪飾り（確かプリムって言うんだっけ？）を付けた女性が入ってきた。

「起きてらっしゃったんですか？　お食事できます？」

彼女はメイドさんね。

「できます」

起き上がろうとすると、彼女は慌てて駆け寄って来て私を支えてくれた。

「無理なさらないでください、お嬢様」

「あなたのお名前はなんと言うんですか？」

病院の看護師さんみたいに名札を付けていないので訊いてみると、彼女は怪訝そうな顔をした。

「パティですわ……」

「パティさん」

「『さん』？」

メイドさんに敬称を付けないのは知ってるけど、ここは敢えてそう呼んだ。

「私、さっき目が覚めてから何も覚えてないの。ここがどこだかもわからないし、自分が何歳かもわから……ゴボッ、ゴボッ」

ちょっと長めに話しただけで、咳が止まらなくなってしまった。

喉が痛くなって、息ができなくて貧血になる私の背中を、パティは摩ってくれた。

「ありがとう……」

「横になってください。今、ベネガスさんを呼んで参ります」

「ベネガスさん？」

問いかけたのだけれど、彼女は慌てて部屋を飛び出していった。

これって、異世界転生っていうのよね。ネットの小説で読んだわ。

生まれ変わったわけじゃないけど、これから私は別の人生を歩むんだ。

目を閉じて自分の頭の中で何度かユリアーナの名を呼んだけど、答えはない。やはり彼女はこの身体を抜けて新しい人生に向かったのだろう。

私は手を組んで初めて神様に祈った。

あの可愛いくてちょっぴり強気の少女が次の生で幸せになれますようにと。

組んだ手が目に入る。

小さい手は、骨が目立って痩せて黒ずんでいた。あの白い空間で見た美しい少女の手とは違う。

そうか、あそこでは病気から解き放された本来の姿だったんだ。可愛いのに文句なんてって思ったけど、可愛いからこそショックだったんだわ。

しまった。私も自分の顔を見てみればよかった。病気がなければどんなふうに育ったのかが見れたのに。

あ、でも鏡がなかったら無理か。

「お嬢様！」

開け放されたままだった入り口から、さっきのパティを連れて男の人が入ってくる。

黒いスーツに身を包み、白髪を綺麗に撫でつけた細身の男性。歳は六十歳くらいかな？人とあまり付き合いがなかったからよくわからないけど、おじいさんと呼ぶにはシャキッとしてる気がする。

　パティは二十代後半から三十代前半くらい？

「執事のベネガスでございます。おわかりになりますか？」

「いいえ」

　ショックを受けたように彼の目が大きく見開かれた。

　執事さんか、イメージぴったりね。

「私がユリアーナ・ノア・クレゼールという名前なのは覚えてます。でもその他はわかりません」

「パティのことは？」

「さっきお名前を聞きました」

「お父様のお名前は？」

「クレゼールさん？」

「お母様のお名前は？」

「わかりません」

　ベネガスさんは幾つかの質問を繰り返した。本当に何もわからないので、返事は『わからない』としか言えない。

　時折咳き込むと、パティが水を持ってきてくれた。

魂が身体と馴染むというのだろうか？　しばらくすると身体の重さが少し軽減され、お腹が鳴った。

「私、ご飯はいただけますか？」

冷遇されてるって聞いたから、ご飯が貰えないことも想定して訊くと、パティがすぐに飛び出していった。

「すぐ、お持ちします。今は夜なので、明日お医者様をお呼びしましょう。今夜はこのままお休みいただけますか？」

転生モノの小説では、すぐに家族が駆けつけることが多かったけど、そうならないということはやっぱり冷遇されてるんだ。

「はい。おとなしく寝てます」

ベネガスさんの目が細められる。

この視線は知っていた。看護師さんの何人かもこういう目で私を見たことがあった。

可哀想にって同情してくれる目だ。

この人はユリアーナの味方ね。少なくとも嫌ってはいないと思う。嫌いな人を同情なんてしないはずだもの。

暫くしてパティが持ってきてくれた食事は、固いパンとスープだった。

パティとベネガスさんが見てる前で、私はパンを千切ってスープに浸し、ゆっくりと口に運んだ。

ああ、嬉しい。

自分の口で食事ができる。

退院が決まってからは味の薄い食事を口にすることができたけど、あれよりこのスープは味が濃い。でもパンと一緒に食べれば丁度いいかな。

食事が終わると、すっごく不味い薬湯を飲まされた。

「飲まないとお身体がよくなりませんよ」

と言われたので、我慢して飲んだ。

苦くて、草臭くて、何かの粒々を感じたけど、薬なら仕方がないものね。

でもお姫様な彼女にこれはきつかっただろうな。

食事で体力を使ったのか、お腹がいっぱいになったからなのか、すぐに眠くなってしまって私は目を閉じた。

あ、歯を磨き忘れた。

「おやすみなさいませ」

ベネガスさんの声は優しくて、私は安心して眠りの中に落ちた。

明日になったら両親に会えるかな？

もっと自分のことがわかるといいな、と思いながら……。

翌朝、目が覚めると身体が熱かった。

熱が出てるんだ、多分このだるさだと三十八度くらいかな？

長い闘病生活で自分の身体のことはよくわかる。

水が欲しいな、と思っているうちにパティがやってきて、カーテンを開けてくれた。

光が差し込むと、部屋は一気に明るくなり、汚さもよくわかった。

水をもらって、運ばれた朝食のパンとスープを食べた後に、部屋に沢山の人が訪れた。

そこでやっと私は『私』のことを知った。

ユリアーナ・ノア・クレゼール、十四歳。

クレゼール侯爵家の長女。

クレゼール家には現在私の他に二人の子供がいる。

私は前妻の娘で、残りの二人は後妻である今のクレゼール夫人の子供。ユリアーナが言っていた半年しか違わない妹のエイダと今年生まれたばかりの弟のノートン。

私がこの部屋にいるのは、火炎病（かえんびょう）という病気のせい。

前世では聞いたことのない病気だけれど、ずっと身体が熱くて、治った後にも赤い痕が残るという病気らしい。

高い熱を出し続けるので内臓が弱って食事ができなくなり、小さい子が罹ると栄養失調で死ぬこともあるとか。

だから何があっても食べるようにと、やって来たお医者さんに言われた。

伝染病ではないけれど、感染することもあるので隔離されてるらしい。

それって接触感染とか経口感染かな？

空気感染とか飛沫感染だと感染し易いけど、接触感染や経口感染だと衛生面に気を付ければ罹りにくいって聞いたことがある。

お屋敷の中に置いてくれてるんなら、そっちの気がする。

隔離ならこの部屋も仕方ないかもしれないけど、病人に必要なのは清潔な環境なのに。

あの不味い薬湯は熱冷まし。熱を下げて栄養を摂取できるようにするためらしい。

ただ、今迄のユリアーナは不味くて飲まなかったから、どんどん痩せてったようだ。

私は飲むよ。

薬を飲んで治るなら我慢する。

罹患して既に三カ月。

この病気は特効薬がなくて、本人の体力で治すしかないから、完治するまでの期間は個人差がある。

早い人は一カ月くらいで治るけれど、長い人は一年ぐらい患うらしい。

お医者さんと、助手の人と、ベネガスとパティからこれらのことの説明を受けてる間、家族は誰も姿を見せなかった。

慰めるようにベネガスが、感染を避けるためだと言ったけれど、彼女は見捨てられたと思ったんだろうな。

本当の理由はわからないままにしておこう。

お医者さん達が帰ってから、パティにはもっと私的な事情を説明された。

私が義理の母に冷たくされてること、父親も私に興味がないこと。義弟妹とも仲が悪いこと。

パティは「お嬢様が可哀想で」と言っていたので、彼女も私の味方のようだ。

そのせいで記憶を無くす前の私、つまり本物のユリアーナは時々癇癪を起こしていた。

「パティは病気が怖くないの？」

と訊くと。

「私はもう一度罹りましたから」

と答えた。

火炎病は一度罹ると二度と罹らないらしい。

取り敢えず、ユリアーナを幸せにしてあげるためには、まずこの病気を治さないと。

その日から、私は健康目指して頑張った。

不味い薬湯も飲んだし、スープとパンだけの食事も完食した。

熱には慣れていたので、だるいけど堪えられないほどじゃない。

ベッドで横になっていても出来る簡単な運動やストレッチもした。これは前世で入院中に教えてもらったことだ。

寝ているだけでは退屈なので、パティに持ってきてもらった本を片っ端から読んだ。

幸いなことに、転生チートかユリアーナの身体だからか話すのも読み書きも、言葉に関して困ることはなかった。

難しい言葉があれば辞書を引けばいいだけだもの。

部屋を訪れるのはお医者さんと助手さんとベネガスとパティだけ。

妹のエイダは何度か姿を見せたけど、ドアの外から声を掛けるだけだった。

「幽霊みたい」

「不細工ね」

「早く死ねばいいのに」

まあ、悪口だけね。

「病気が感染る（うつる）と大変だから、部屋に入ってはだめよ」

一応注意をすると、彼女は鼻先で笑った。

「こんな汚い部屋になんか入らないわ。私の部屋はすっごく綺麗なんだから」

「そうよかったわね」

「ドレスだっていっぱい買ってもらったのよ」

「素敵ね」

寝てるだけの生活じゃドレスは必要ないから羨ましくなんてない。

ユリアーナと違って、赤毛の可愛らしい少女なら、きっとドレスが似合うだろう。

悪口を言っても反応がないのがつまらなかったのか、彼女はすぐに姿を見せなくなってしまった。

会話ができる人は一人でも多い方がいいんだけど、嫌われてるみたいだから仕方ない。

この世界で目覚めて二カ月が過ぎた頃、お医者様から完治したとお墨付きを貰った。

「これからは、体力を戻すことに専念なさってください」

黒ずんでいた皮膚も白くなり、少しだけ肉付きもよくなった。

ただ、火炎病特有の赤い斑点(はんてん)が顔に残ったまま。

薄赤い斑点は皮膚だけのものだと思うので、時間を掛ければ消えるだろう。ニキビみたいなものだと思えばいい。

人間の身体は新陳代謝で修復するって前世の看護師さんも言ってたもの。

若ければ若いほど、治るものよって。

ベッドから起き上がれるようになると、私は部屋を片付けることにした。

まずは掃除。

病人のいる部屋で埃（ほこり）は立てられないからと、簡単に済ませていたパティを巻き込んで、掃いて、拭いて、ピカピカにした。

傷の残る家具は絵の具を持ってきてもらって傷隠し。

剝がれ掛けてた壁紙も張り直す。

ヒビの入った鏡には、本にあった素敵な蔦（つた）の絵をトレースして上から貼った。デコシールの要領だ。

冷遇はされてるかもしれないけど、取り敢えず頼めば何でも持ってきてくれるので何でもできた。彼女の他に手伝ってくれる人はいなかったけど。

無地のベッドカバーに刺繡（ししゅう）をしたり、端切れで巾着を作ったり。

そのうち部屋の外へ出ることも許されて、家族と会うこともできた。

前世の家族とは全然違う人達だったけど。

まず父親。

前世のお父さんは病室には入って来なかったけど、お見舞いに来るといつもガラスの向こうから微笑んで手を振ってくれた。

でもユリアーナの父親は無表情で、私を睨（にら）みつけることもある。

「必要なものはベネガスに言え」

と言ってくれたから、それだけでよしとしよう。だって、『私』の親じゃないもの。冷たくされても悲しくない。

次に母親。

前世のお母さんは、いつも私の手を握ってくれて、病気が治ったらあれをしよう、これをしようとポジティブ思考で優しい人だった。

でも赤毛の肉感的な美人の義母は、わかりやすいほど私を嫌っていた。

「顔に赤い痕が残って醜いこと。天罰ね」

子供に向けて言っていいことじゃないでしょうに。

この人には近づかないようにしよう。

弟妹は……。

まあ何度か顔を合わせたエイダはそのまま。

多分親が私をいじめるから、自分もそうしていいんだって思ってるんだろう。子供って親の真似(まね)をするから。

それに、彼女はどうも私をライバル視してるところがある。

「私の方が侯爵令嬢に相応(ふさわ)しいのよ」

「あなたなんか化け物みたい。私のが可愛いわ」

「誰にも相手にされないクセに」

すぐに比べるようなことを言う。

ノートンは、一度も見ることができなかった。

赤ちゃんだから、完治したとはいえ病気になった私と会わせられないと、これははっきり母親から言われた。

うん、その方がいいと思う。

赤ちゃんは弱いもの。

使用人達は、主である両親と同じ態度の人が殆どだった。

つまり、私を嫌ってて、無視する人。

でも何人か、ベネガスやパティのように優しくしてくれる人もいた。

その違いは、ユリアーナの本当のお母さんが生きてた頃から勤めていた人か新しく義母が来てから雇った人かということ。ユリアーナも言ってたしね。

前侯爵夫人は使用人から好かれていたのだろう。

婚約者だというエリオットは、お見舞いの花をくれたけれど、部屋には来なかった。

病気が治っても、会うことはなかった。

屋敷には来てくれるみたいだけど、私には知らされることはなく、エイダに相手をさせているようだ。

一度、エイダが見知らぬ少年と庭を歩いているのを見かけた。

きっと彼がエリオットだろう。

その時のエイダは、とても嬉しそうな顔をしていた。

彼女はエリオットのことが好きなのかな？　私は別に好きでも何でもないから、彼女の恋が叶うといいな、と思った。

パティが言うには、私とエリオットの婚約は、まだ産みの母が生きていた頃に家同士の関係で結ばれたものらしい。ならばエリオットも私よりエイダの方がいいのかも。

病気が治っても、弱った内臓のせいか栄養が上手くとれなくて私は痩せたまま。とても十四歳には見えない。

顔や腕が戻ってきても、胸など胴体部分はまだガリガリ。

食事も小食だからと減らされてるから仕方ない。本当はもっと色々食べたいんだけど、一度それを言ったら我が儘だと言われてしまった。

出されたもの以外を求めるのは浅ましいって。

貴族ならそうなのかも。

貴族らしいとか、侯爵令嬢らしいとかは　わからないのでお義母様の言うことを聞くしかない。

不自由なことは多いけど、前世何も持ってなくて何もできなかった私は、生まれながらの侯爵令嬢だったら辛いかもしれない今の生活に満足していた。

このまま、何事もなく大人になれたら、家を出て庶民になってもいいし、一生懸命勉強して家庭教師とかお城の侍女になってもいい。

貴族女性の職業ってそれぐらいしかないそうなので。

結婚……、は考えたことがないから嫌かな。

前世でも恋愛なんてしたことないもの。

無事に生きる。

ユリアーナを不幸にしない。

それだけが私の望みだった。


十五歳の誕生日は、部屋で一人で過ごした。

お祝いの言葉は、家族からはなかった。

その時はまだ病気が治ったとはいえ、部屋に籠もっていた時期だったので気にしなかった。だが、半年後のエイダの誕生日は盛大に行われ、その席に呼ばれなかったことで家族は私を華やかな席に呼ぶつもりはないのだと判断した。

なのに突然、今朝はパティがドレスを持って飛び込んできた。

「ユリアーナ様、すぐにお着替えを」

朝食を終えて一人先に部屋に戻って本を開いていた私は、びっくりして飛び上がってしまった。

「どうしたのパティ？　着替えって？」

「パーティに出席なさるんです。王家主催の」

「王家？」

いきなりの単語に目が丸くなる。

「本日はお城で王家主催のガーデンパーティが行われるんです」

言いながらパティはそれまで着ていた簡素な私のドレスを脱がせて、新しい濃紺のドレスに着替えさせた。

「本来ならば、十二歳以上の貴族の令嬢は全員出席の義務があるのですが、奥様が『すっかり忘れて』いらっしゃったようです」

今、セリフの一部に厭味が入ってたわよね？

「朝食の席でお嬢様がご用意していなかったので、旦那様があんな姿では城に連れていけないから何とかしろとおっしゃって、奥様が忘れていたことを咎められたんです。もしお嬢様が出席されなければ、侯爵家の落ち度になりますから」

王家から義務と言われてるのに欠席したら怒られるだろう。

病気なら何とかなるかもしれないけれど、朝食の席で私が元気なのは父親に見られてしまった。

なので、忘れていた母親が慌てて支度を命じた、ということか。

「このドレスは？」

「エイダ様が地味だからいらないとおっしゃったものです。ユリアーナ様には新しいものを誂えておりませんでしたし、以前のものはもうサイズが合いませんので」

「この胸のリボン、取っていいかしら？」

私は鏡に映った着せられてるドレスを見た。

白いスタンドの襟の下に、大きな白いレースのリボン、ウエスト部分には襟と同じ素材の白い帯。ここにも大きなレースのリボンがある。

小さな子供が着るには可愛いのかも知れないけれど、地の色が濃紺だし、中身は子供ではない自分にとってはわさわさして恥ずかしい。

「でもおリボンを外されると飾りがなくなってしまいますわ」

せめて昨日渡されていれば、裾にビーズの刺繍でも入れたのだけど、手直しするには時間がない。

「いいわ。外して」

リボンの形を作ってから縫い付けてあった胸と腰のリボンが、ハサミでチョンと切り落とされる。

これでシンプルな襟と帯だけが白い濃紺のドレスになった。

私はいいけど、きっと侯爵令嬢としては質素過ぎるんだろうな。パティの目がそう言ってる。

「ええと、この腰についてたリボンは頭の飾りにできるかしら？」

「ああ、それはよろしいですね。では髪を纏めてその上に付けましょう」

襟のリボンは解いて、半分をチョーカーのように首に巻いてみた。アクセサリーがないから丁度いい。

残りは更に二つに切って手首に結んだ。

腰まである髪は丁寧にブラッシングされ、サイドを編み込みにして上で纏め、大きなリボンを飾って、後ろはそのまま下ろした。

これで大分華やかになっただろう。

「お可愛らしいですわ」

パティも満足してくれたようだ。

「……これで斑点がなければ」

小さい声で零した彼女の独り言が聞こえてしまう。

せっかく綺麗にしても、私の顔には全体に赤い斑点が残っているからだ。

私は聞かなかったことにして、立ち上がった。

「急いでいたのでしょう？　行きましょう」

「はい」

パティの手を引かれて玄関まで行くと、そこには両親とエイダが待っていた。

初めてのドレスアップなのだけれど、当然誰もほめてはくれない。

「早くしなさい。遅れてしまうでしょう。鈍い子ね」

いいえ、最速ですよお義母様。

「エイダとユリアーナは後ろの馬車に乗りなさい」

お父様は、ちらっと私を見たけど何も言わず、お義母様をエスコートして先に出た。

「あなた、本当に醜いわね。お母様が気を遣って欠席にしてあげようとしたけど、お父様はあなたの化け物みたいな顔をみんなに見せたいみたい」

レースをふんだんに使った赤いドレスに首にはエメラルドみたいな緑のネックレスを付けたエイダが言った。

化け物ってほど酷くはないのに。

最近ユリアーナの顔は、白い空間で会った時のように可愛らしくなってきた。

ただ、赤い斑点が気持ち悪いのだろう。エイダはとても綺麗な肌をしているから。

反論せずに彼女と一緒の馬車に乗ったが、エイダは私に触れようともしなかった。悪口はずっと言ってたけど。

まだ病気が怖いのね。

でも、考えちゃうな。

エイダぐらいの歳の子達にとっては、この斑点の残る顔は『気持ち悪い』ものだろう。

パーティには男の子もいるだろうし、好き嫌いではなく色々と言ってくる人もいるかも知れない。

パーティが始まったら、なるべく端っこで目立たないようにしてよう。

そうこうしているうちに、馬車はお城に到着した。

ノイシュバンシュタイン城みたいなお城を想像していたけれど、初めて見たお城は横に長いお屋敷みたいだった。

大きさはお屋敷なんてものじゃないけど。

レモンイエローと白のコントラストがとても綺麗で、ネットで見たシェーンブルン宮殿に似ていた。

馬車から降りる時、お父様はエイダに手を貸していたけれど、私に差し出される手はなくて、扉に摑(つか)まって一人で降りた。

ドレス、着慣れないから歩きにくいな。

両側を両親に付き添われたエイダの後ろから、一人で付いていく。

お城の中に入るのかと思ったら、庭の方へ向かった。

ガーデンパーティか。子供主体だものね。

「今日は第二王子のアレウス様の婚約者を選ぶパーティなのだから、エイダが選ばれるかも知れないわ。淑女らしくするのよ」

なるほど、それで十二歳以上の子供が集められてるのか。

白いレンガの通路を進み、大きな植え込みを過ぎると、突然広大な庭が現れる。

芝生の上には幾つもの丸テーブルが置かれ、周囲には大きなテントが張られている。テントはどうやらビュッフェのお菓子やお料理が置かれているらしい。

テーブルは白いクロスがかかっていて、背の低いものは子供用、高いものは大人の席と分けられている。

そのテーブルの間をお仕着せのウエイター？　侍従？　がポットやカップを手に歩き回っていた。

「エイダ、正面に座ってらっしゃるのがアレウス殿下よ」

入口から見て正面にあたるところにあるテーブルには、美しい黒髪の女性と、その息子らしい黒髪の少年が座っていた。

「今日はサーシア様も御一緒ね」

サーシア様というのは王妃様だろうか？

「私達はあちらに言ってますからね。お友達も作るのよエイダ」

お父様とお義母様は私達を残して大人達のいる方へ向かった。

「あら、エリオット様」

エイダがパッと駆け出す。

「やあ、エイダ嬢」

茶の髪の少年の腕に飛びつくと、相手が振り向いて微笑んだ。

その顔が、私を見た途端大きく歪(ゆが)む。

「ユリアーナ、その顔で来たのか」

「ご無沙汰しております、エリオット様」

私は頭を下げた。

「無理なさらないでと言ったんですけど、殿下がいらっしゃるからどうしてもって」

そんなこと言われていないし言ってもいないのに。

「アレウス殿下に病が感染したらどうする。身の程知らずな」

「病は完治しております」

この言葉、何度言えばいいのだろう。

「その顔でか？　言っておくが、僕は君をエスコートしないからな。ただでさえ痩せて見(み)

窄(すぼ)らしいのに、そんな赤い斑点まで……。本当にどうしてお前が私の婚約者なんだ」

エリオットの言葉に、エイダは彼に見えないように嗤(わら)った。

「そんなこと言ってはだめよ、エリオット様。お姉様だって好きで病気になったわけではないわ」

「エイダは優しいな。だが彼女と一緒にいるつもりはないんだ、行こう」

エリオットは冷たい一瞥(いちべつ)を投げ付けると、エイダをエスコートして背を向けた。

「エリオット様はいずれ殿下の側近になられるのでしょう？　でしたらアレウス様にご挨拶に行きましょう」

残された私がどうすればいいのか考えていると、男の子が寄ってきた。

「君、どこの……、うわっ！」

私より背の高い男の子は、私の顔を見るなり声を上げて後ずさった。

「何その顔」

その子の声に、近くにいた男の子が二人やってくる。

「ケイン、どうした？」

「見ろよ、こいつの顔」

「火炎病だ」

「感染るんじゃないのか？」

「火炎病でしたけど、もう治りました。お医者さんも他の人には感染らないっておっしゃってました」

騒ぎになるのが嫌だったので、答えてみる。

「ふうん、そうなんだ。でもそんな顔で人前に出るの、恥ずかしくない？」

「いいよ、行こう。気持ち悪いよ」

男の子達はそれ以上攻撃的にはならず、いなくなってしまった。

騒ぎを聞き付けたらしい女の子達が遠巻きに私を見てヒソヒソと話をしている。

「やっぱりか……」

想定していた通りの結果に、私はため息をついた。

お菓子に興味はあるけれど、姿を隠した方がよさそうね。

幸いガーデンパーティだし、大人達もメイン会場を離れて庭園を散策しているみたいだから、私一人がいなくなっても気づく人はいないだろう。

パーティより、綺麗なお庭を歩く方が楽しそうだ。

私は植え込みの中へ続く細い道に向かって歩きだした。

背の高い男の人が通路の入口に立っていて、「どちらへ？」と訊いてきたけど、「お庭を見ます」と言ったら通してくれた。

「ここから先はだめと言われたら、戻ってきてくださいね」

「はい」

ぺこりと頭を下げて通路を進む。

背丈より高い植え込みの間を進むと、すぐに通路は二つに分かれた。

どちらへ行くべきか悩んでいると、左側から人の声が聞こえたので右の道を選んで歩き続ける。

人声が聞こえる度、声から離れる方へと進んでいくと、道は行き止まりになった。

戻るしかないかな、と思ったが子供だったら通り抜けられそうな隙間があったので更に奥へ。

何度かそうやっているうち、突然広い場所へ出た。

整えられたバラ園みたいな場所だ。

人の姿はなかった。

これはきっと入ってはいけない場所だわ。そう判断して、私は芝生の上にしゃがんだ。

「綺麗……」

やっと落ち着ける場所に来たと、華やかに咲き誇るバラの花に目を向ける。

赤や白やピンクに黄色。いろんな色のバラが一塊ずつ植えられている。

「バラってこんな風に咲くのね。それにいい匂い」

バラの写真は見た。切り花も、ガラスの向こう側だったけどお見舞いに貰ったのを飾ってるのを見た。

でも生の花も、土から生えてるのを見るのは初めてだわ。

ユリアーナになってからも、あの部屋を出ることは殆どなかった。

食堂と図書室以外、屋敷の中も出歩いていない。でも今度、庭を歩いていいか聞いてみよう。

侯爵家というのなら、きっと立派なお庭があるはずだもの。

お庭なら、お義母様やエイダ達の目に触れずに済むだろう。

「お嬢さん、こんなところでどうしたのかな?」

突然頭の上から声がして、私はそちらに顔を向けてびっくりした。

声を掛けてきた男の人が物凄い美形だったこともあるけれど、彼の髪の色が薄い紫色だったからだ。

髪の毛、染めてるのかな? この世界でも染める人がいるんだ。

「お嬢さん?」

男の人はもう一度私に声を掛けた。男の人、と言ったけど二十歳くらいに見えるから青年と言うべき?

「あ、すみません。失礼しました。驚いてしまって……」

私は立ち上がって頭を下げた。

「私に驚いた？」

「はい。髪の毛がとっても綺麗な色だったので」

「髪？」

彼は、覗(のぞ)き込むように私の顔を見た。あ、目は深いブルーだ。

また気持ち悪いって言われるかしら？

「見たことのないお嬢さんだね。どうしてここにいるのかな？」

……言われなかった。

「ガーデンパーティに呼ばれて参りました」

「ガーデンパーティ？　ああ、今日はアレウスのお茶会か。でもそれならもっと向こうだろう？」

「はい。あちらから来ました」

王子様のアレウス様を呼び捨てにしてるけど、いいのかな？

「迷子かな？」

「いいえ」

「では何故ここに？」

彼は重ねて尋ねた。

「人の迷惑にならないように、退席したんです」

「迷惑に？」

「ご覧の通り、私の顔には火炎病の痕が残ってます。病気はもう治って、人に感染することはないのですが、皆さんが気持ち悪いと言うので目に入らない場所に来たんです」

私が答えると、彼の綺麗な顔が少しだけ歪んだ。

「気持ち悪いだなんて、誰が言ったんだい？」

「名前はわかりません。初めて会った子だったので」

「初対面でそのように失礼なことを女の子に？」

「ええと、苛められたわけではないので気にしません。他の人と違っていれば気持ち悪いと思う人もいるでしょう？　だから目に入らない方がいいかな、と」

「……君、名前は？」

「お兄さんは？　人に名前を訊く時は自分から先に名乗った方がいいと思います。あ、身分の高い低いで名乗る順番があるんでしょうか？」

顔を歪めていたのに、彼は笑い出した。

怒ってるより笑ってる方がいいな。

「君は私を知らないのだね？」

「はい。知りません」

「私はフェルナンだ。この国の第一王子、君を呼んだアレウスの兄だ」

第一王子？　それって凄い偉い人だわ。

「失礼いたしました。私はユリアーナ・ノア・クレゼールです」

「ユリアーナか。では私と一緒においで」

「え？」

「王子の命令だよ」

そう言うと、彼は私を左の腕の上に座らせるようにして軽々と抱き上げた。

「え？　あの、王子様？」

「フェルナン」

「フ……、フェルナン様？」

どこへ連れていかれるんだろう。王子様って知らなかったから、怒られちゃうのかな？

抱き上げられて間近で見ると、フェルナン様は本当にイケメンだわ。

アイドルじゃなくて、美術品みたい。薄紫のさらさらの髪、深い青の瞳は今着てるドレスみたいな濃紺で、宇宙みたい。

通った鼻筋に形のいいピンクの唇。

宗教画の天使に似ているかも。

病室移動とかで人に抱き上げられることは慣れてるけど、こんな綺麗な人に抱き上げられるのは初めてだから緊張して、胸がドキドキする。

重くないようにと暴れずじっとしていると、彼は建物の中に入った。

建物って、お城よね？　私なんかが入っていいのかしら？

お庭から入った部屋は、サンルームみたいに明るくて淡いグリーンの大きな応接セットが置かれていた。

フェルナン様は私をそっと長椅子に下ろすと、壁際に何本か下がっている紐（ひも）を引いてから自分もその隣へ座った。

「お呼びでしょうか。

「ああ、化粧のできる侍女を呼んでくれ」

現れたのは、眼鏡をかけた年配のメイドだ。

「お化粧でございますか？」

「この娘に化粧を施して欲しいんだ。クレゼール侯爵の令嬢だ」

彼女の視線がちらりと私に向けられる。

「かしこまりました」

「それと、お茶と菓子も頼む」

「すぐにご用意いたします」

軽く頭を下げてメイドが出ていく。

「あの……」

「ご両親は今日は一緒に？」

「あ、はい。でも知らせなくていいと思います。というか、知らせないでいただける方がいいです」

「何故？　突然娘が会場からいなくなったら心配するだろう？」

「いえ、気づいてないと思います。妹にかかりきりなので。それに、私が殿下とご一緒してるとわかったら母が怒るかも知れませんし」

彼は怪訝そうな顔をして暫く考えてから、納得した顔になった。

「そうか、クレゼール侯爵のところは再婚だったね。苛められたりしてる？」

苛めかぁ。

「ちょっと冷たいですけど、苛められてはいないと思いたいです」

暴力はちょっとだけ振るわれるけど、食事を抜かれているわけではないものね。

「妹は可愛いので、母は妹をアレウス殿下に紹介したいのだと思います。なのに私が妹を差し置いて殿下とご一緒していると知ったら怒られるかな、と」

「……ユリアーナ嬢は幾つ？」

「十四です。失礼ながら殿下はお幾つなのですか？」

「十四？」

彼は顔を曇らせた。

「私は二十歳だ。君より六つ上だね。だが君は十四には見えないな。随分と細い」

虐待で痩せてると思われたかな？

「病気をしていましたから」

「……ああ、火炎病は食事ができなくなるのか。それならいいけれど。君はとても落ち着いているし、ものの考え方が大人だね」

「そうなのですか？　よくわかりません」

「うん。浮わついたところがなくてとても好ましい」

微笑みかけられると、また胸がドキドキした。

「ありがとうございます」

ノックの音がしたので、会話がそこで切れる。

殿下が入室を許可すると、五人の女性が入ってきた。

「失礼いたします。お呼びとのことで」

「ああ、ノースコート夫人が来てくれたか。それでは安心して任せられるな。この娘の顔を綺麗にしてあげて欲しいんだ。火炎病の痕を消してほしい」

挨拶をした綺麗なドレスの中年女性が私に近づき、顔をじっと見た。

「かしこまりました。すぐにいたします」

「あの、殿下。私は別に……」

「おとなしく言うことを聞きなさい。王子の命令だよ」

それを言われると反論ができない。

「ではお嬢様、こちらへ」

殿下の隣から、一人掛けの椅子の方へ移されると、すぐにお化粧が始まった。

「あのお嬢様は？」

「クレゼール侯爵の娘だ。病気の痕をどこかの子に気持ち悪いと言われたそうだ」

「まぁ」

「しかも母の侯爵夫人は『自分の娘』にかかりきりと聞いては、あまりいい気分じゃないだろう？」

目の端に入ったノースコート夫人は頷いた。

「言われてみれば、彼女はお母様によく似てらっしゃいます。前クレゼール夫人はとても美しい方でした。嫉妬もあるのでしょう」

「後添いだろう？　亡くなった先妻に嫉妬か？」

「あそこの姉妹は半年しか歳が違いません。なのにクレゼール侯爵が妹を可愛がり、先妻の娘に目をかけないのなら……」

「結婚前からの愛人か」

うーん、当事者の私がここで聞いてるんだけどいいのかしら？

まあ、私も本当のユリアーナも薄々察してたからいいけど。

「彼女は私に構われると母親に怒られると言った。舞い上がることもなく、ね」

「正しい判断かと。殿下が権力をお持ちでも、他家の家庭事情には踏み込めませんので」

「そうだね」

私にお化粧をしてくれる侍女？　メイド？　違いがわからないけど、女の人達は途中から面白くなってきたのか「頰紅(ほおべに)はオレンジが」「いいえ、ピンクよ」「唇も赤は止めましょう」と、楽しげに言葉を交わしていた。

着せ替え人形気分だわ。

前世でお化粧なんてしたことなかった私は、傍らの二人の会話も気になるけど、お化粧の方も気になっていた。

鏡の中の自分から手際よく赤い斑点が消され、更に目鼻立ちをくっきりとされ、自分でもどんどん綺麗にされていくのがわかる。

最後にふわふわのボンボンで顔を叩(たた)かれると、彼女達は満足したようににっこりと微笑んだ。

「殿下、終わりました」

一人の女性が私に手を貸して椅子から立たせ、殿下の前に連れていく。

フェルナン様はじっと私を見てから嬉しそうに微笑んだ。

「とても美しいね」

「はい。魔法みたいです」

少し高揚しながら、答える。こんな気分になるのはこの世界に来て初めてかも。

「これなら君を悪く言う者はいないだろう。それどころか、賛辞で迎えてくれるのじゃないかな」

この人は、私が『気持ち悪い』と言われたから、それを払拭しようとしてくれたのね。

「ありがとうございます、殿下」

感謝の気持ちを込めて、満面の笑みを贈る。

「……いや、やはりここで一緒にお茶をしよう」

彼が手を振って女性達を下がらせる。たが、ノースコート夫人と呼ばれた方は残った。

「殿下、令嬢と二人きりは……」

「十四歳の子供だし、彼女は私に媚びを売るタイプではない。それよりクレゼール侯爵には君が相手をして引き留めていると伝えてくれ」

「……かしこまりました」

不承不承という感じで夫人も出ていくと、殿下は私を手招きした。

なんだろうと思って近づくと……。

「ひゃっ！」

いきなり手を取って引き寄せられ、膝の上に座らされた。

「可愛い声が出たね」

笑ってる。

「あ……、あの……、これは……？」

「大人びてるし、抱き上げても動揺しなかったのに、これはだめなのかい？」

だって、車椅子に乗る時とかは看護師さんに抱えられるし、もっと小さい頃は男の看護師さんに抱き上げられて移動したこともあった。

だからそういう接触は慣れている。

でも膝の上に座らされるなんて初めて。

話す度に耳に息がかかり、全身が硬直する。

「お菓子を食べていいんだよ？」

「下ろしてください……」

「どうして？」

「どうしてって、恥ずかしいです」

恥ずかしいって言ったのに、彼は後ろからぐっと身体を押し付けてきた。

「ぴっ！」

また変な声が出てしまう。

「はい、口を開けて」

目の前に、彼が摘まんだ焼き菓子が差し出された。背中から身体を押し付けたと思ったのは、前屈みになってテーブルの上の菓子を取ろうとしたせいだった。

誤解して恥ずかしい。

私はお菓子にぱくりと齧り付いた。

一口では全て口の中には入らなかったので、後は自分で食べようと彼からお菓子を受け取るために手を握る。

「自分で……」

「君は本当に変わってるな」

「はい？」

お菓子は渡してもらえない。

「抱き上げられても、手を握られても焦らないのに膝乗りには恥じらう。かと思えば食べさせてもらうことは気にしないし、私の手を自分から握ってくる」

「これはお菓子を受け取るためです」

口の中にお菓子を飲み込むと、もう一度食べさせられた。

「ユリアーナの恥じらいのツボがわからないな」

「耳に……、息がかかるのは……恥ずかしいです」

口の中にものが入ってるから切れ切れに答える。

「こう?」

恥ずかしいと言ったのに、彼はワザと耳に息を吹きかけた。

「う……っ」

食べさせてもらうのは入院中にお母さん達にしてもらったから抵抗はないけど、これはだめだ。固まってしまう。

「こんなに可愛いのに、顔に痕が残っても平気だし、悪口を言われても気にしていない。親が妹を優先することも当たり前だと思ってる。そんな大人びたところがあるのに、可愛い声を出すところは子供らしい」

「……子供です」

「大人にならざるを得なかったのかな?」

「それは……、そうかも」

前世を思い出して、ふっと言葉が漏れた。

私の入院費用を出すため、両親が苦労していたのを知っている。妹や弟が我慢したのも知っている。

お父さんは会社に勤める傍ら、事情を説明して副業もしてた。お母さんは私のところに通いながらパートもしてた。

妹達だって、我慢のさせ通しだった。家族旅行なんて行ったこともないだろう。欲しいものだって買えなかったに違いない。

だから絶対に文句なんて言えなかった。子供みたいな我が儘なんて言えなかった。

「……本当に、家族に虐げられていなかったのかい？」

「え？　あ、はい。お父さんやお母さんより冷たいけど、悪い人じゃないと……」

口にしてから、失言だったと気づいた。

「ふ……、普通の親よりちょっと冷たいかなってぐらいです」

「ふぅん。私の助けはいらない？」

「多分大丈夫だと思います。大きくなったら家を出るつもりですから」

「何故？」

「色んなことをしてみたくて。働くのもいいなって」

「やっぱりそんなに辛いんだね？」

「そうじゃなくて……」

何て言ったらいいんだろう。考えあぐねていると、またお菓子を口に入れられる。

「他人を貶める言葉を紡げない口なら、お菓子を食べてなさい。それは君の美徳だ」

お菓子を食べるのが美徳なの？

よくわからないけど、お菓子が美味しいので私はそのままお菓子を食べ続けた。

お腹がいっぱいになってしまうと、フェルナン様はやっと私を膝から下ろしてくれたので、隣に座り、向かい合ってお話をした。

「そのドレスは私の瞳の色と同じだね」

「これは妹のドレスをもらったのです。妹はもっと派手な色が好きなので」

「手首にレースを巻いてるのは素敵だね」

「元々ドレスの飾りだったのですが、派手だったので外したんですがもったいないから使ってみました。宝石は持ってませんし、私には合わないから」

「どうして？　君にはとても似合うと思うけど？」

「こんなに痩せっぽちですし。まだ子供ですから」

十四って中学生だものね。中学生で宝石なんて考えられないわ。

「謙虚だね」

彼はずっとにこにこしていて、本当に綺麗な人だなあと見蕩れてしまった。

薄紫の髪は地毛だというので王妃様は黒髪なのに？　と訊いてしまった。ガーデンパーティで見た女性は黒髪だったから。

そうしたら、あれは第二妃だと教えられた。

アレウス様は第二妃の子供で、王妃様は別にいらっしゃるそうだ。

因みに、フェルナン様とアレウス様の兄弟仲も、王妃と第二王妃の仲も悪くないらしい。

暫く話をしていると、ノックの音がしてまたノースコート夫人が現れた。

「パーティが終わりました。皆様帰られるようです」

「そうか。では彼女を送ってあげてくれ」

「かしこまりました」

フェルナン様は私の手を取って立たせ、その手を夫人に渡した。

寂しい。

こんなふうにちゃんと目を見て話をしてくれる人は、この世界に来て初めてだった。家族も召し使いも冷たいし、パティやベネガスも召し使いとしての距離があったから、こんな近くで目を見て話すことはなかったし。

優しくて、穏やかで、私の顔のことも嫌がらないでいてくれて、私が言葉に詰まったり話題についていけなくても不快な顔をしない。

なのに、可哀想だから付き合ってあげなくちゃ、という感じでもない。

そう、この人は私を可哀想な子と見ていないんだ。

楽しい。ずっと話をしていたいな。

でも彼は王子様。

きっと、これは彼の親切でしかない。

もっと一緒にいたいとか、もう一度会いたいと言ってはいけない人だ。

我が儘は言ってはいけない。それは前世で染み付いた自制。

「ありがとうございました」

私は彼に頭を下げて、部屋を辞した。

「また会おうね、ユリアーナ」

最後に頭を撫でてもらった手が、とても優しかったことを思い出に。

ノースコート夫人に手を引かれて家族の下へ戻ると、三人は既に馬車に乗り込んでいて、来た時と同じく私はエイダと同じ馬車に乗る。

座席に座った途端、エイダは目を丸くし、すぐに自分のハンカチで私の顔をゴシゴシと擦った。

「な……、何っ？」

「どこで化粧なんかしたのよ！　みっともない。これからは絶対お化粧なんて許さないから！　その痕が消えても、自分で描きなさい。絶対、絶対よっ！」

彼女の怒りは収まらず、家に到着するとすぐにお義母様に報告した。

その時には無理にハンカチで拭われた顔はぐちゃぐちゃだったから、お義母様からの叱責はなかったけど。

せっかくフェルナン様に可愛らしくしてもらったのに。

前世を含めて、生まれて初めてのお化粧だったのに。

悲しくて泣きそうだったけれど、何とか涙を堪えることができた。涙を堪えるのは得意だもの。

でも部屋に戻ってから悲しみに襲われた。

さっきの幸福は、もう二度と手に入らないのだと思って。

「幸福は手にするとすぐに逃げてしまうのね」

前世の退院からの死去、今の優しい時間からの孤独。

でも私は我慢できる。

我慢することは、もうずっと生活の一部なのだから。

ガーデンパーティの後、エイダは頻繁に私の部屋を訪れた。

私がどこかに化粧品を隠していないかを探すためらしい。

彼女の機嫌が悪い日は、部屋の物を投げ散らかしたりした。それが私に当たることもあったけれど、当てようと意図してではないと思う。

当たると、一瞬戸惑った顔をするから。

ただ、その後で「いい気味」と言うから、当たってもいいとは思ってるんだろう。これがユリアーナが腕にカップを投げ付けられたということか。

パーティに着ていったドレスは私のものになった。けれど、あれがあるから新しいものはいらないでしょうと言われた。

それも意地悪のつもりだったのかもしれないけれど、私には嬉しかった。

だって、フェルナン様が自分の瞳の色だと言ってくれたのだもの。

社交をしていないから着る機会はなかったけど。

暫くは今迄と同じ生活が続いたけれど、一人の来客が来て、少しの変化があった。

来客はラムゼイ伯爵夫人。お母様の妹、つまり私の叔母様だ。

叔母様は、私の社交界デビューが近いからと、わざわざ領地から王都へ様子見に来てくれたのだ。

「領地が遠くて、あまり来られなくてごめんなさい。病気は治ったと聞いていたけれど、まだ随分と痩せているのね。まだ痕も残っているし、昨夜はちゃんと食べた？」

この頃には、私の顔の赤い斑点はほぼ消えていた。でもエイダとお義母様の命令で、顔に斑を描いていた。

「昨夜はパンとスープを食べました」

「それだけ？」

「はい」

「それはいけないわ。もっと沢山食べないと」

「出されたものは全部食べています」

「……出されたものがパンとスープだけ？」

「はい」

私が答えると、叔母様はお義母様を見た。

「火炎病の後、ユリアーナはすっかり食が細くなってしまったのよ」

慌てる様子もなく、お義母様が答える。

「そうでしたか。けれどいつまでもこんなに細いままでは、あらぬ誤解を受けましてよ。もう少し血色よくさせなくては侯爵家の外聞が悪くなりますわね。そろそろ社交界のデビューで人前に出なければなりませんもの、無理をしてでも食べさせないと」

私が人前に出ると聞いて、お義母様は頷いた。

「……そうね」

叔母様は、私が『食べない』のではなく『食べさせてもらえない』のだと気づいたみたいだ。

飢えて死ぬほどではないけれど、足りないと思っていたからその助言はありがたい。

「デビュタントのドレスはどうなさるの？」

「体型が変わるかも知れないから、用意できないのよ」

「それならよい考えがありますわ。お姉様のドレスを仕立て直せばよろしいでしょう。パティは針仕事も上手いですから」

「でもお古だなんて」

「用意できないよりよいと思いますわ」

うーん……。

ドラマなんかでドロドロの陰口合戦を見たことがあるから何となくわかってしまう。

それに、お医者さんって断言しないから、ニュアンスを読むのも上手いと思う。

これは、ドレスを用意しないんでしょ、それならお姉様のドレスを着せるわ、ってことなんだろうな。

「ああ、でもパティは侯爵家の侍女ですから、当家で仕立て直しいたしましょう。デビューのパーティの前には私の屋敷に泊まってもらえば、当日は城まで私が連れて参ります」

反対されるかな、と思ったけれど意外にもお義母様は微笑んだ。

「まあ、それはよろしいわ。是非」

この反応は叔母様も意外だったらしく、一瞬怯(ひる)んだけれどこちらも微笑んで頷いた。

「ええ、任せてください」

叔母様は伯爵家の王都の家、タウンハウスというところに泊まるらしく短い滞在ではあったけれど、二人きりになった時に話をしてくれた。

クレゼール侯爵家の跡取りは、お母様だったこと。

お父様は、入り婿。

本来なら私が婿を取って跡を継ぐのが筋らしく、そのために遠縁のエリオットが婚約者になった。だが、お父様は生まれたばかりの弟に跡を継がせたくて、私を追い出そうとしているのではないかと心配していた。

でもエリオットと結婚すれば安泰だろう。

エリオットは同じ侯爵家とはいえ次男。入り婿決定。向こうから解消を言い出すこともなければ、相手が侯爵家なだけにこちらからの解消も言えないから。

何となく不穏な予感がするけど、私は何も言わなかった。

エイダとエリオットが親しくなってる今、フラグが立ってるというやつでは？

でもまあ、私に何ができるわけでもないから黙っていよう。

叔母様の言葉が響いたのか、その後食事に少量ではあるが肉や魚が出るようになったので、ようやくガリガリから脱出できた。

エイダはそれ以上に成長し、女性らしいふっくらとした体つきになっていたけれど。

この世界での知識が足りないことを自覚していた私は、ここまでの間とにかく勉強することに集中した。

外に出してもらえないし、時間を潰そうにもテレビもスマホもないのだもの。

私ができることは掃除と手芸と読書と庭の散策。

家族で呼ばれるなどどうしても外に出なければならない時は、エイダに言われて顔に赤い斑点を描かされた。

両親はきっと私の顔から斑点が消えたことも知らないだろう。

「あんたの顔が綺麗になったって、お父様はその顔が嫌いなのよ」

「私より身体が小さいんだから、ドレスは私のお古でいいでしょう」

「勉強なんかしたって、披露する場所もないのに。陰気な子ね」

「エリオット様だって、会いたくないって言ってるわ」

エイダは、わざわざ私のところにやって来て、そんな言葉を投げ付けた。

私から関わりにいくことはないのだから放っておけばいいのに。

大怪我をするほどのものではないが、癇癪を起こした時にはいきなりドアを開けてぬいぐるみや壊れたアクセサリー等を投げ付けていった。

何がしたいのか……。

新しいドレスを作ると、それを見せびらかしにもきた。

「どう？　最新のデザインよ。素敵でしょう」

「そうね」

「あんたなんかに似合わないわ」

「そうね」

「お父様はあんたに掛けるお金はないとおっしゃってたわ」

「そうなの」

「羨ましいでしょう」

羨ましいも辛いもない。

そう。

私は何も感じなかった。

前世の長い闘病期間、私は興奮することを許されなかった。

子供の頃は癇癪も起こしたし、人を羨んだり泣き喚くこともあったけれど、大人になり、家族の苦しみを知ってから、我慢することを覚えてしまった。

私が心を動かすのは、『嬉しい』と思う時だけ。

お母さんが手を握ってくれる、お父さんが来てくれた。妹が本を差し入れてくれた、弟がわざわざ自分のサッカーの試合の映像を送ってくれた。

そんな時だけ、嬉しいと心が弾んだ。

でもこの世界に来てから、『嬉しい』ことがない。

たった一度だけ、フェルナン様に優しくされた時以外は。

彼に正面から見つめられて、話しかけられ、綺麗にお化粧されて。お膝の上に座らされて美味しいお菓子を食べさせてもらった。

あの時は嬉しかったなぁ。

パティやベネガスに優しくされることは嬉しいけど、心が弾むというほどじゃない。ありがたいなって思うぐらい。

エリオットとの婚約も嬉しくはなかったので、それが解消されても何とも思わない。

エイダが綺麗なドレスを見せびらかしても、前世で寝間着しか着ていなかった私には羨ましくはない。

両親やエリオットから贈られたものを見せびらかしに来ても、病室に物を置くことができなかったので、やはり羨ましくはない。

ベッドの上から動くことができなかった日々が長かったから、屋敷の中や庭を歩ける今は十分幸せだった。

心残りがあるとすれば、これでユリアーナは幸せかしら？　と思うこと。

私はこれでもいいと思ってるけど、ユリアーナはどうかしら？

私、彼女を幸せにすると誓ったのに。

前よりちょっといい、で満足しちゃだめよね？

もっと、嬉しいや楽しいを味わわないと。

侯爵令嬢ユリアーナの幸せって何だろう？

それとも、侯爵令嬢という肩書じゃなく、ユリアーナとしての幸せを探すべきかな？

今の私は『私』だから、私が小さな幸せに満足しないで、『すっごく幸せ』って思えたらそれでいいのかな？

ユリアーナが一番怒ってたことは、私にはどうにもできないし。

とにかく、すっごく幸せって思うように生きないと。

でも、それはとても難しいことだった。

この国では十六歳で社交界デビューし、成人として扱われる。

婚約は生まれた時からできるけれど、結婚するのは特別の事情がない限り十八歳から。

私が十六になって八カ月後、社交界デビューである王城のパーティの日、本当なら私は叔母様のタウンハウスで支度を調えるはずだった。

けれど、直前になってエイダが駄々をこねたのだ。

「姉妹が別々の家から出るなんて、何を言われるかわからないわ。私は絶対ユリアーナと一緒に入場したいの。だって姉妹ですもの」

そう言って涙ながらに両親に訴えた。

エイダのお願いは何でも聞く父親は、それを理由に叔母の誘いを断った。

「あの人の家で支度をしたら、化粧をされるでしょう？　あんたに斑点がないことがバレちゃうじゃない。危ない、危ない」

……そういう理由らしい。

でもドレスは叔母様が仕立て直してくれた美しいものだった。

身体のラインがわかるマーメイドラインの白いドレスは、広がった裾にはビーズの刺繍が施されている。

それを見たお父様はすぐに目を逸らしてしまった。

エイダは凄く怒っていたけれど、彼女のドレスはパニエの入ったふんわりしたプリンセスタイプのドレスで、リボンやレースの付いた可愛いものだった。

エイダはリボンとレースが好きらしい。

それに、胸元と指にはルビーのネックレスと指輪があった。

赤毛の彼女にはよく似合う。

エイダはいつものようにそれを自慢するように見せた。

「いいでしょう。エリオット様から戴いたの。その意味がわかる？」

「わからないわ」

「でしょうね。愚鈍なあなたにはわからないわね」

私がわからないことに満足して、彼女はにんまりと笑った。

二年前と同じように、前の馬車にはお父様とお義母様、私とエイダは後ろの席に座っている。

馬車の中で、エイダはずっと私の臑を蹴り続けていた。

「痛いわ」

と言ってもにやにやするだけ。

「悪くないドレスだけど、所詮はお古よね」

等とずっと厭味を言い続ける。

本当に、どうしてエイダは私を目の敵にするのだろう。

彼女の言う通り、両親の愛も、屋敷での扱いも彼女の方が上だし、容姿だって私とタイプは違うけれど美人の部類だと思うのに。

前回王城に向かったのは、ガーデンパーティで庭園の方だった。

けれど今回はちゃんとしたパーティで、お城の大広間で行われる。

馬車は正面玄関に停められ、降りた人々はどんどん建物の中に吸い込まれてゆく。

私達も馬車を降りて中へ。

「デビュタントのお嬢様方はこちらへどうぞ」

召し使いの人に案内され、私とエイダはそこで両親と別れた。

案内されたのは、白いドレスを着た少女達が集められた部屋。デビュタントの娘の控室らしい。

そこでも、私は遠巻きにされた。

「お美しいのに、顔のアレは……」

「いやだ。感染るのじゃなくて？　火炎病でしょう？」

アウェー感半端ないな。

「気にしないで、火炎病の痕は時間が経てば消えるから。私のお兄様もそうだったのよ」

中に、一人微笑みかけてくれた女性がいた。

デビュタントとしてここにいるのだから十代の少女なのだろうけど、黒髪の美女だ。

「お姉様はもう二年も痕が消えないの。きっと一生このままだわ」

黒髪の美女がせっかく慰めてくれたのに、エイダは私達の間に割って入った。

「五年かかっても綺麗に消えた方もいらっしゃるそうよ」

だが美女は負けなかった。

にっこりとエイダに笑って続ける。

「それにお化粧をしてらっしゃらないけれど、このくらいならお化粧でごまかせると思いますわ」

「姉は化粧をすると顔が腫れるんです！」

「それなら刺激の少ないものに替えるとよろしいでしょう」

これは美女の勝ちかな。

エイダはイラついているようだけれど、流石(さすが)に家と同じような癇癪を起こすわけにはいかないとわかっているようだ。

「私はアメリア・トワ・ローガンスというの。あなたは？」

「ユリアーナ・ノア・クレゼールです」

「ユリアーナ！　素敵なお名前ね。よかったら私達お友達になりましょう」

私の名前を聞くと、アメリアは何故かとても喜んで私の手を取った。

何故か、というなら彼女の名前を聞いた途端、エイダが私達からスッと離れてしまったのも謎だ。

「私でよろしければ……」

「ありがとう。では一緒に出ましょう」

「出る？」

「この部屋を出て、皆様にご挨拶をするのよ。知らなかったの？」

そういう作法があるのか。

誰も教えてくれなかったわ。

こちらの様子を察して、彼女は微笑みながら手順を教えてくれた。

まず全員揃ってこの部屋から出て、名前を呼ばれたら一歩前へ進み挨拶をする。全員の挨拶が終わったら、その場で揃ってお辞儀。その後は自由だが、パートナーと共に一曲ダンスを踊るのが普通らしい。

「パートナーがいない方はどうなるのですか?」

「ずっと壁際に立っているしかないわね。白いドレスは目立ってしまうから、ご家族が務めてくださるのじゃないかしら?　婚約者はいらっしゃるのでしょう?」

「はい、一応」

「それならきっとその方が誘いにいらっしゃるわ」

どうだろう。

でもここで説明するわけにはいかないので、曖昧に笑った。

そうこうしているうちに係の人が呼びに来て、奥の大きな扉が開いた。

扉の近くにいた人から順々に出ていく。

エイダはすぐに出ていったが、私は足が動かなかった。

「ユリアーナさん?」

「……緊張して」

一人でいることは平気だった。ずっとそうだったから。

でも大勢の人の前に出るのは初めて。

扉の向こうから感じる大勢の人の気配に竦(すく)んでしまう。

「大丈夫よ。私と一緒に行きましょう」

アメリアは私と手を繋(つな)いで扉をくぐった。

「……すごい！」

見たこともないほどの広い空間。

天井から下がる圧巻のシャンデリア、装飾の施された天井や壁、そこに居並ぶ着飾った人々。大広間の端には楽団の姿も見える。

どうしよう。足が震える。

「ゆっくりでいいのよ。ご挨拶も、私の真似をすればいいの」

「アメリア様……」

何て優しい人だろう。

私の吐瀉物を手で受け止めてにっこり笑っていた看護師さんを思い出す。

この人が側にいてくれるなら、大丈夫。そう信じよう。

アメリアが先に出る。彼女の後ろについて、同じ歩幅で歩く。

横に一列に並んでいるのを確認して、彼女の隣に並ぶ。

「今年より社交界の一員として迎えられる令嬢達に拍手を」

その言葉で会場中が拍手に包まれる。

「ローガンス公爵令嬢、アメリア嬢」

一番に名前を呼ばれ、隣にいた彼女が前に出る。

完璧な所作で前に進み、周囲に笑顔を向けてからゆっくりと片方の足を引き、スカートを摘まんで背筋を伸ばしたまま膝を屈める。

一拍置いてからスックと立ち上がると、振り向かず後じさって元の位置に戻る。

「クレゼール侯爵令嬢、ユリアーナ様」

続いて自分の名前が呼ばれたことに驚いたが、たった今見たばかりのお手本通りの動きを真似る。

前に出て、微笑んで、挨拶をして戻る。

次々に名前を呼ばれるのを聞いて、わかった。呼ばれるのは爵位が上の順なのだわ。

アメリアは公爵家だから一番に呼ばれる。なので『私の真似』と言ったのだ、彼女より前の人はいないから、私は必ず後になる。

そしてアメリアの名前を聞いた途端エイダが黙ったのも、彼女が公爵令嬢で身分が上の人だからだろう。

身分が高いのに優しくしてくれたなんて、アメリアさんは本当にいい人だわ。

全員の挨拶が終わると、係の人が「もう一度レディ達に拍手を」と促し、ここでお辞儀をする。

　控えめな音楽が流れ、列が乱れ、周囲の人々も動き出す。

「これで終わりよ」

　もう話をしてもいいのか、アメリアが笑い掛けてくれた。

「そんなに緊張するほどのことではなかったでしょう?」

「ありがとうございます。何も知らなかったので、本当に……」

「ユリアーナ」

　アメリアにお礼を伝えている途中で、誰かが私の名前を呼んだ。

　声の方を見ると、エイダをエスコートしているエリオットが近づいてくる。

「私、そちらにいますわ」

　アメリアは嫌な顔一つせず、私から距離を取ってくれた。

「エリオット様?」

　ダンスを誘いに来てくれたのかしら?　婚約者がパートナーになる、と言われたし。

「今日はここではっきりさせておこう」

　前振りなくエリオットは話し始めた。

「お前との婚約は解消する」

「え?」

でもそれは親の決めた婚約で、勝手に子供がどうこうできるものではないんじゃ……？

「驚くことじゃないだろう。今迄のことを考えれば当然じゃないか。君は僕には釣り合わない。これは正式に決定したことだ」

不味い話題だと思ったのか、背後でアメリアが立ち去る気配がした。

「でもお父様の許可が……」

「侯爵もご存じだ。身体が弱く、ずっと寝たきりのお前では子供は望めない。お前は侯爵家の跡取りとしては不出来だ」

いえ、それはエイダ達に部屋から出るなと言われているだけで、実際はかなり健康になったと思う。

「見ろ、そのガリガリな身体」

これは食べてないから痩せてるだけだし、今は少しづつ戻ってきている。

というか、デビュタント達が集まる場所で芝居がかった態度を示すエリオットに、周囲が耳を済ませているのに気づいていないのだろうか？

チラチラと盗み見ているのがわからないのだろうか？

「クレゼール侯爵は、お前を跡取りにはしないとおっしゃった。跡取りではないお前には何の魅力もない。よって僕との婚約は解消だ。僕はエイダと婚約する」

いいえ、女の私が跡取りになるのはクレゼール家の正当な血筋だからで、クレゼールの血が入っていないエイダは跡取りにはなれませんよ？

　恐らく私を外すなら、お父様は弟のノートンにするでしょう。

「いいな、もう一度言う。ユリアーナとの婚約は解消、僕の婚約者はエイダだ！」

　そんなに大きな声で言わなくてもいいのに。

「そうよ。私がエリオット様にプロポーズされたの。見て」

　エリオットの腕にぎゅっとしがみつきながら、エイダは左手を差し出した。

　そこにはさっき見たルビーの指輪が光っている。

　なるほど、さっきの態度はこれを見せつけたかったのね。婚約指輪を見て気が付け、と言いたかったんだわ。

「どう？　似合うでしょう。あなたみたいに貧相な女には似合わないものよ」

「僕だって、今迄親の決めた婚約者だからと我慢はしていた。だがお前は何度訪ねても僕に会おうとしないし、いつも部屋に閉じこもってばかり。その間僕の相手をしてくれたのはエイダだった。手紙を送っても返事もくれないような女との結婚は無理だ」

　周囲がざわついてきたのに気づいたのか、エリオットは『自分には非がない』と言い訳を始めた。

　手紙、もらってないんですけど。屋敷を訪れてくれてもお義母様が教えてくれなかったし、気づいてもみっともないから出るなと言われてたんですけど。

というか、病気の時にも治った後も、お見舞いに来ませんでしたよね？　言いたいことはあったけれど、私は黙っていた。

だって、エイダはエリオットが好きみたいだし、エリオットもエイダがいいみたいだし、私はエリオットを好きではないのだから。

このまま二人が結婚した方が幸せよね？

ユリアーナがエリオットを好きだったとしても、気持ちがエイダに向いてるエリオットと結婚してもユリアーナは幸せにはなれない。うん、そこ大事だわ。

「悔しくて何も言えない？　でも仕方ないのよ。あなたより私の方が侯爵令嬢として相応しいんだから」

「その通りだ。だから今日のダンスはエイダと踊る。お前は別の誰かを探すんだな。見つかれば、の話だが」

「つまり、エリオットとそちらの令嬢は婚約を破棄し、エリオットはそちらの女性と婚約したということでいいのかな？」

突然、第三者の声が響いて視線が一斉にそちらを向く。

「アレウス殿下」

そこにいたのはアレウス殿下とアメリアだった。

エリオットは一瞬たじろいだものの、すぐに表情を取り繕い、第二王子に頭を下げた。

「その通りでございます」

「婚約は家同士の契約。お前の一存ではないと言えるか？」

「はい。既に両家共に合意し、以前の婚約届を取り下げ、新しいものも提出済みです」

「では正式にそちらの……」

「エイダでございます、殿下。エイダ・レミ・クレゼールです」

殿下が話をしている最中にエイダが口を挟んだ。きっとマナー違反なのだろう、殿下が少し顔を歪める。けれどすぐに無表情になった。

「そうか、ではこの私が認めよう。エリオットの婚約者はエイダ嬢だと。皆、いいな？」

そう言ってからこちらの様子を窺っていた者達に視線を向ける。

第二王子の承認を受けたことで、エリオット達は満足げに笑みを浮かべた。

「だがエリオット、この様な場所での宣言はいささかやり過ぎではないか？」

「申し訳ございません。ですが、ユリアーナが僕に会おうともせず、直接話ができなかったことと、デビュタントとなった愛しいエイダをパートナーとして公式な席で披露したかったのです」

書面でもよかったのでは？　とは言わない方がいいみたいね。

「しかしそうなるとユリアーナ嬢はパートナーを失うわけだな。デビュタントとしてそれは可哀想だ。私が代わってやれればいいのだが、私にはアメリアというパートナーがいるからな」

「殿下、姉のことはどうぞお気遣いなく。どうせあの顔では……」

「兄上！」

エイダが私を嘲笑する言葉を紡いでいる途中で、アレウス殿下が声を上げた。

「丁度よかった。今日はパートナーがいないのでしょう？　こちらのユリアーナ嬢はお一人だそうです。よければ一曲踊ってあげてください」

いつの間に来たのか、もう一人の王子がそこにいた。

薄紫の髪の、フェルナン様だ。

「デビュタントなのにお相手がいないのか。いいよ、それでは私がお相手を務めよう」

「そんな！　殿下が姉のパートナーだなんて！」

「エリオット、これで安心して踊れるな。エイダ嬢、さあ婚約者殿と踊るといい。アメリア、私達も行こうか」

アレウスはちらりとフェルナン様を見てため息を吐くと、アメリアの手を取ってフロアに進んだ。

「ユリアーナ嬢、私と一曲踊っていただけますか？」

フェルナン様。

フェルナン様だわ。もう二度と会うことはないだろうと思っていた王子様。

「あの……、私でよろしいのでしょうか？」

「もちろん。では行こうか」

畏れ多くて固まっている私の手を半ば強引に取ると、彼は弟の後に続いてフロアに歩み出た。

エイダがもの凄い目でこちらを睨んでいたが、これは私のせいではないと思う。

「ふふ……、君の妹は悔しそうだね」

腰を抱かれ、手を組む。緩いワルツの動きに合わせて踊り始めると彼は笑った。

その笑みにドキドキする。

フェルナン様が美しいこともあるけれど、彼は私にとって楽しい思い出の人だから。

「相変わらず、妹は君を蔑(ないがし)ろにしているようだね」

「ご存じなのですか？」

「君から聞いて少し調べたから」

「私のことを覚えてらっしゃるのですか？」

まさか、と思った。二年近く前、たった一度だけお話ししただけなのに。

「覚えているよ。忘れられなかった」

フェルナン様はにっこりと微笑んだ。

「私はとても君を気に入ってしまってね。本当はすぐにでも呼び出したかったのだが、君に婚約者がいると知って諦めていたんだ」

　諦める？

「けれどアメリアが君が婚約を解消されたと報告に来てくれてね。すぐにアレウスに私をパートナーに推せと命じたんだ。アメリアには私がユリアーナ嬢を気に入ってると話していたから」

「え？」

　アメリアが私の名前を聞いて喜んでいたのは、フェルナン様から私のことを聞いていたから？

　アレウスがフェルナン様にパートナーを頼んだのは、そうしろとフェルナン様が弟に頼んでいたから？

　でも何故？　理解が追いつかない。

「どういうことでしょう……？」

「わからない？」

　悪戯（いたずら）っぽい笑みに、心臓がまたトクンと跳ねる。

「わかりません」

「私が君を好きになったから、手に入れようとしてると考えないのかい？」

「殿下が私みたいな者を？　まさか」

「……いいね。君は変わっていないようだ。でもそれが真実だ。君と話をしてとても楽しかった。あの後も、君と同じ人間はいなかった。唯一無二だ。だから忘れてはだめだよ、私が君を望んでいるって」

「私を……？」

「そう。今はまだ面白い子だと思っているだけだけどね」

「面白い、ですか？　話すのもそんなに上手くないのに？」

「ノースコート夫人からの誘いがあったら、黙って受けなさい。今言えるのはそれだけだ。だがそれを受ければ、もう苛められることはないだろう」

「あの方が家に来てくださるのですか？」

「ノースコート夫人を知っているのか？」

「前にお化粧していただいた時にいらした方かと」

「そうだ。よく覚えていたな。彼女が君をあの家から連れ出してくれる。王子様に逆らうつもりがないなら、無理だと思っても彼女に従いなさい」

「王子様じゃなくても、フェルナン様の言うことなら聞きます。殿下と過ごした時間が今迄で一番楽しかったから」

私が言うと、彼は嬉しそうに笑った。

「また楽しくさせてあげるよ」

何とか彼の足を踏まずに踊り終えると、フェルナン様は私を壁際までエスコートし、すぐに離れていった。

何人かが王子と踊ったからか私をダンスに誘いに来たが、顔を見ると声を掛けずにそのまま行き過ぎた。

女の子達も同じだ。

火炎病って、本当に怖がられてるんだな。それとも顔にブツブツがあったり化粧をしていない女の子は避けられるのかしら？

暫くそのまま一人で壁際に立っていたけれど、アメリアがまた声を掛けてくれた。

「バルコニーに出ません？」

「私に声を掛けてもよろしいのですか？」

「ええ。あなたтака だからお話ししてみたかったの」

途中で私の分も飲み物を受け取り一緒にバルコニーへ出た。

夜風が気持ち良くて、思いっきり息を吸い込んでる私の前にグラスが差し出される。

「あなたのことはフェルナン殿下から伺っていたの」

「先ほどご本人からアメリア様にお話ししていたとお聞きしました」

「伺っていた通りの方でよかったわ」

そう言われると、何と言われていたのか気になってしまう。

「どのように……？」

彼女は淑女の見本のような微笑みを向けた。

「殿下からお声掛けいただいても驚くこともなく、媚びることもない。年齢より落ち着いているのに子供のよう。二人きりでお会いしたのにその後、そのことを誰かに吹聴する様子もない。つまり、普通のご令嬢とは違う、ということですわね」

「あまり外に出ないので、常識がわからないのです」

「それはよい意味で、だと思いますわ」

渡されたグラスに口を付けると、しゅわしゅわして甘くて、とても美味しかった。

これ、サイダーみたいなものかしら？　人生初サイダーだわ。炭酸飲料は飲み込むのが危険だから飲ませてもらえなかったのよね。

「私、ユリアーナ様がとても気に入りましたの。よろしければお友達になってくださらない？」

「ええと……、私は家から出ることができないので、お手紙だけになるかもしれませんけれど、それでもよろしいでしょうか？」

「家から出られない？　どうしてですの？」

彼女の眉間に微かな皺が寄る。

「身体が弱いし、みっともないから外へ出るなと。社交は妹がしてくれますし」

どうしてだろう、益々彼女の皺が深くなる。

「先ほどのダンスを見てましたけど、ふらつくこともなくお身体が弱いようには見えませんでしたわ」

「そうなんです。息切れもしなくて」

嬉しくて思わず微笑む。

「食べ物が食べられて、自分の足で歩けて、本当に幸せです」

「……今迄、それが出来なかったのですか？」

「出来ない期間が長かったんです」

「そう……」

「これも、初めて飲みましたけど美味しいですね」

グラスを掲げると、広間に影が立った。

「アメリア、戻れ。まだ挨拶が残っている」

アレウス殿下だ。

殿下は私をちらりと見てから、アメリアに手を差し出した。

「行こう」

「はい。ユリアーナ様、私のお友達になってくださいますね？」

もう一度、確認を取るように訊かれ、私は頷いた。

「はい。喜んで」

手紙のやり取りしか出来ないことを伝えた上での言葉だったから、それでもいいと納得してくれたのだろう。

彼女は優雅に微笑んでから殿下と共に会場へ戻っていった。

同じくらいの歳のお友達か。

人生初だわ。

嬉しくて、胸がトクンと鳴った。

あんなに素敵な方がお友達になってくれるなら、ユリアーナの幸せに一歩近づいたのではないだろうか？

そう思うと、ちょっと誇らしかった。

自分が何をしたわけでもなかったけれど……。

あの後、私も会場に戻り壁際に立っていた。

誰からも声を掛けられることなく。

やがてお父様が一人のご婦人を伴って迎えに来た。ノースコート夫人だ。

夫人はお父様と会話した後に、一言だけ訊いた。

「あなた、お裁縫は得意？」

「はい」

お裁縫は得意だと思うのでそう答えると、彼女は満足げに頷いて去っていった。

家に戻る途中の馬車の中では、エイダがずっと文句を言っていた。

「殿下と踊ったからっていい気になるんじゃないわよ。あなたはエリオットに捨てられたんだからね」

彼女は、少しでも私にいいことがあると怒るらしい。

でも私はこれでもう外に出ることはないだろうから、気にすることはないだろう。と思っていたのに、翌日ノースコート夫人が我が家を訪れた。

「ユリアーナ。お前はノースコート伯爵夫人と共に城へ行くのだ」

お父様の言葉に、同席していたエイダとお義母様は顔を顰（しか）めた。

「私が、ですか？」

「そうだ。奥向きの侍女として働きに出るんだ」

お父様の言葉を受けて、ノースコート夫人が続けた。

「侍女と言っても、表向きに人前に出るわけではありません。あなたはお裁縫が得意ということですから、王城の衣装係に入ります。女性だけの職場ですから、容姿も気にしなくてよいでしょう」

「それって、お城の奥で人目に付かずに働くってことですか？」

訊いたのは私ではない。エイダだ。

ノースコート夫人は彼女の不躾な質問に片眉をピクリと動かした。

「そうです。簡単に家に戻ることも許されませんし、外部との連絡も控えていただきます。一日中王家の皆様のお衣装の管理をしていただきます。ですが、城仕えの侍女という名誉は与えられます」

それを聞いてエイダは嬉しそうに笑った。

「いいじゃない、お姉様。城の侍女なんて、我が家の名誉だわ。どうせ家にいたって人と会うこともないんですもの、喜んでお受けするわよね？」

ノースコート夫人の目が冷たいのに気づいていないのかしら？

でも、両親の気持ちも彼女と同じなのだろう。

二人共今迄見せてくれたことのない笑顔を浮かべている。

私もそんなに貴族社会について詳しくはないけれど、侯爵家の長子である令嬢が働きに出ることが普通ではないぐらいはわかる。

それに、女性だけの職場で人前に出ずに過ごせば見初められることもない。積極的にお父様が私の縁談を薦める気がないのはわかっていたから、ユリアーナは結婚から遠ざかるに違いない。

　結婚させなくても家の恥にならず、私を見なくて済む。外聞も悪くならない。それを家族は歓迎しているのだ。

『ノースコート夫人からの誘いがあったら、黙って受けなさい』

　頭の中に、フェルナン様の声が響いた。

　これが彼の言う『誘い』なのだろう。それならば、私の返事は一つだ。

　私はフェルナン様を信じている。

「わかりました。お話をお受け致します」

　承諾の返事を聞いて、ノースコート夫人は満足げに頷いた。

「結構です。裏向きの侍女にはお仕着せが用意されますから、荷物も必要最低限でよいでしょう」

　その言葉に益々エイダの顔が綻ぶ。

「支度金は?」

「もちろんお渡しします。ユリアーナ嬢のためにふんだんにお使いください」

　家族の笑顔から、その支度金なるものが私に使われないことは察した。

　でもまあいいか。

　ここで毎日厭味を言われているよりも、ノースコート夫人に付いていけば私は働くことができる。

働くのは初めてで、上手くできるかわからないけれど、与えられるばかりだった自分が人の役に立つのだと思えば嬉しい。

「では、三日後に王城から馬車を回します。家族の同伴は許されませんのでご了承ください」

「それが城の取り決めなら仕方ないですわね、お姉様」

ベネガスとパティは別れを惜しんでくれるだろうが、家族の顔は晴れやかだった。

でもいいんだ。

これでやっと、ユリアーナはここから離れられる。

そして私も、新しい場所でユリアーナの幸せを探してみよう。たとえ閉じこもる部屋が変わっただけであっても、きっとそこに新しい道はあると思って。

王城の衣装係というのは、基本外部との接触は禁止される。

何故なら、彼女達が扱うのは王族の衣装の管理と修繕なので。

儀式なので決められた衣装はどれも豪華だが、そのビーズが取れたり経年のほつれがあったとしても外部にそれを持ち出すことはできない。

そのまま紛失したり、奪われたりしたら大事になるので。

だからその衣装に手を触れる者が、飾りを持ち出したり、わざと傷をつけるようなことを依頼されたりしないように、携わる者は管理される。

主だった者は寡婦が多く、修道院のようなものだ。

迎えに来た年配の女性は、問いかけた両親や私にそう説明してくれた。

持っていく荷物は鞄一つ。

見送りはベネガスだけ。パティは仕事を離れるなと命令されたらしい。

迎えに来た馬車は、黒塗りの質素なものだった。

お城に到着したら、裏口から入って、制服に着替えてから小さな個室を与えられ、先輩から仕事を教えられる。

……と、思っていたのに。

「どうしてこうなったの……?」

城の裏口から入るまでは、思った通りだった。

けれど中に入ってから通された部屋は次の間付きの豪華な部屋で、何故か私に侍女が付いてそれまで着ていた質素なドレスから可愛いオレンジのドレスに着替えさせられた。

家を出る時に、エイダが描いた顔の赤い斑点も綺麗に拭われ、薄くお化粧もされた。

戸惑っている間に連れていかれたのは、美しい応接室で、そこにはフェルナン様とアレウスとアメリアが待っていた。

「まあ、可愛らしい」

一番最初に声を上げたのは、アメリアだった。

「さあ、私の隣にお座りになって」

向かい合った席に、フェルナン様とアレウス、反対側にアメリアと私がそれぞれ並んで座る。

座った途端、アメリアは私に顔を近づけてじっと見た。

「フェルナン殿下がおっしゃった通り、赤い斑点はありませんわ。ユリアーナさん、どうしてわざわざ赤い斑点をお描きになっていたの？」

未来の王子妃の問いかけには正直に答えなければいけないのよね？

「……描くように言われておりましたので」

「まあ、誰に？」

「妹、かな？」

アメリアの問いに答えたのはフェルナン様だった。

「彼女が美しいのが許せないんだろう。他者が自分より劣っていないと嫌だという人間はどこにでもいる」

「そうですわね。彼女はそんな感じでしたわ。身分には逆らえない。それなのに不満のある目で私を見ていました」

「君に害を？」

アメリアの言葉にアレウスが怒った声を出す。ああ、彼はアメリアが好きなんだわ。

「ご心配なさらなくても、私が誰だかわかって離れていきましたわ。近づいてくることはないでしょう」

「何かあれば言え。我慢をする必要はないのだから」

「ありがとうございます」

そこで会話が終わると、フェルナン様が二人の間に割って入った。

「二人とも、話しを先に進めなさい。彼女は私が呼んだのに、話があるというから同席を許可したんだよ？　挨拶だけで終わるのなら退室するように」

「申し訳ありません、兄上。アメリアがお願いがあるというもので」

アレウスは軽く会釈をし、アメリアに言葉を促す。

「はい。私、ユリアーナ様とお友達になりましたの。ですから、殿下のお許しがいただければまた会うお時間を取っていただきたいと思いまして。如何(いかが)でしょう？　許可をいただけますでしょうか？」

「何故彼女を友人に？」

「殿下と同じですわ。無欲な彼女に惹かれましたの。それにユリアーナ様と私は親しくした方がよいかと」

「……相変わらず頭の回る女性だな」

「アレウス様と共にある者として当然の選択かと」

「その予想は無駄になるかも知れないよ？」

「私が彼女を気に入っているのですから、無駄にはなりませんわ」

「それならば好きにするといい。本人が望むのならば咎めることはしない。だが先触れは出すように」

「かしこまりました。それでは、私からのお話はこれでおしまいですわ」

「では二人とも戻りなさい。ここからは私の時間だ」

フェルナン様が言うと、二人は見交わしてから頷き合い席を立った。

「兄上、お気を付けください。……色々と」

「そんなにやる気のある人じゃないよ」

意味深なアレウスの言葉に笑顔で返し、フェルナン様は二人を見送った。

残ったのは私とフェルナン様だけ。テーブルの上にセッティングされているお茶の支度といい、二年前の時を思い出す。

「ユリアーナ、こっちへおいで」

彼が、アレウスが座っていた場所をトントンと手で示す。

王子の命令は何でも従わないとだめよね。

素直に彼の隣に移ろうと近づくと、腕を引かれてまたストンと膝の上に座らされた。

「殿下、これは勘弁してください……」

「勘弁？　嬉しくないか？」

「恥ずかしいです。私はもう成人なので」

「成人だからした、とは思わないのかい？」

「成人だから？　大人の女性を膝に……」

意味がわかって、慌てて下りようと足掻くと、スッと回された腕に摑まった。

「私はそういう女性ではありません！」

「察しはつくんだ？　でもそういう意味ではないから安心しなさい。ただ妹のように可愛いな、と思っているだけだ。私には弟はいるが妹はいないからね」

「アメリア様が妹君になられるのでは？」

「彼女は『可愛い妹』というより『頼りになる妹』だねぇ」

それはわかる。アメリアは凄くしっかりしているもの。

でも妹、か。前に私を膝に乗せたのも妹と思っていたからかしら？

「お言葉は嬉しいのですが、私は他人ですし、人の膝の上に乗ることに慣れていません。

恥ずかしいので下ろしてください」

もう一度お願いしたけど、フェルナン様は離してくれなかった。

うう……、綺麗な顔が近くにあるのは恥ずかしいのに。

「君は、王太子に抱き寄せられることに優越感を覚えないのだね。他の令嬢だったらしなだれかかってくるところだ」

「私は他の方とは違います」

「うん、だからとても気に入っている」

「殿下？」

腰に回っていた手が離れ、私は慌てて膝を下りて隣に座った。

「ふふ、顔が赤いね」

「恥ずかしいですから……」

「抱き上げた時にはそんなに赤くならなかったと思うが？」

「あれは慣れていましたから」

「慣れていた？」

「あ、いえ……」

いけない。それは前世のことだった。

「誰に抱かれてたの？」

グイッと顔が近づく。

「いえ、あの……」

「ユリアーナ嬢。君はこれから私の話し相手として王子宮に住んでもらう」

「は？　私は衣装係に……」

「それは方便。君の家族が君に興味を持たないようにそう言って連れて来るようにとノースコート夫人に命じたからだ」

「それはどういう……？」

深い青の瞳が間近で私を見つめる。

さっきまでの笑みが消え、彼は真面目な顔で私を見つめていた。

「私は君にとても興味がある。年齢にそぐわないほど落ち着いて、私が王太子であると知っても媚びることも怯えることもない。異性に接触されても、手ずから菓子を与えられても慌てることはないのに膝の上に乗ることだけは慌てる。口も堅いし、実家で苛めにあっているのに悲観したところもなく、家族の悪口も言わない。美しさを鼻に掛けることもしない。ねえ、ユリアーナ嬢。君は一体どういう娘なんだい？」

手が私の頬に触れた。

ドキドキするシチュエーションなのに、何故か逃がさないと言われているみたいでちょっとコワイ。

「クレゼール家の娘です」

「それだけ？」

うーん、どうしよう。

これって異世界転生っていうやつだよね？　小説なんかだと、他の人には秘密にしておくものだけれど、言ってはいけないのかしら？

あ、信じてもらえないとか、頭がおかしいと思われるとか、そんなのだっけ。

「フェルナン様は、私が何であったらいいと思ってます？」

私の問いに、彼は驚いたように目を見開いた。

そんなに驚くような質問だっただろうか？

「君が『何であったら』か。難しいな。私は君が何者でもないといいと思うよ」

「幽霊みたいに？」

「そうじゃない」

失笑された。

「王太子妃の座を狙ってるとか、私と親しくなって恨みを晴らそうとか、自分の地位を高めようとしてるとか」

「下心ですね？　それなら無いです」

「わかってる。だから君をここに呼んだんだ」

彼がそっと私の手を取った。

「聡い君なら理解すると思うが、私には多くの役割があってね。皆が私に自分の求める形を求めてくる。王太子であれ、柔順な息子であれ、理想の兄であれ、女性の憧れであり狙う対象であれ、とね。だがあの日、君は私に何も求めなかった。それで俄然君に興味が湧いた。だが私が女性と会いたいと言うと周りが煩い上に婚約者のいる女性であれば相手に誤解をさせてそちらの仲を壊してしまうかもしれないと思って我慢した」

婚約は解消されましたが。

「時間が経てば変わるだろうとも思っていたしね。けれど化粧を教え、顔の斑点もすぐに消えるだろうと思っていたのに、君は姿を見せなかった。アメリアに興味があることを伝えてお茶会で声を掛けて欲しいと頼んだのに、見つからなかった。社交界にデビューするまでは私は会えないからね」

社交界にデビューしなければパーティや夜会には出席できない。女性や子供だけの集まりか、家のもので挨拶をするくらい。

王族となんて、会えるわけがない。

「どうして出て来ないのかと気になって調べたら君の家の事情を知った。家族が君を虐げ、婚約者が浮気をしてるって」

彼はじっと私の目を見ていた。

「君と絶対に会える社交界デビューの日、もしもまだ変わっていなかったら声を掛けようと決めていた」

「変わっていたら？」

「声は掛けなかっただろう。私と君は会っていないはずだから」

そうだった。私は誰にも彼のことは話さなかった。

「そしたらアメリアが飛んで来てね、君が婚約解消されてるって。私が声を掛けることはできないからアレウスにその場を収めるように頼んで自分も見にいった。そうしたら、君は変わっていなかった。妹に侮られ、婚約者に罵られ、顔に赤い斑を残し、化粧をせず、とても落ち着いていた。それで声を掛けたんだ」

「……ありがとうございます？」

「お礼を言うのかい？」

「ダンスが踊れたので」

デビュタントとして出席したのにダンスを踊れなかったら、きっとユリアーナはがっかりしたと思う。でも彼のお陰で『王子様と踊った』という素敵な思い出ができた。

「『私』と会えた、じゃないんだね」

「いいえ、フェルナン様とは二度とお会いできないと思っていたので、とても嬉しかったです」

私の言葉に、彼は満足げに頷いた。

「大前提として、私はとても君を気に入っている。理由は今言った通りだ。そこで君に選択肢を上げよう。一つは居心地の悪い実家を出て、城で衣装係として働くこと。もう一つはアメリアの侍女として王城で働くこと。この場合は他の貴族の前にも姿を見せることになる。そして最後は、衣装係になったことにして私の話し相手として城に残ること」

「最初と最後の選択の場合は人前に出ないでいいのですか？」

「ああ。衣装係は元々そういうものだし、私の話し相手として女性を側に置いていることが公になると色々とね」

「私が殿下のお話し相手になるのでしょうか？」

「フェルナンでいいよ。殿下は二人いるから。今、私は王太子となっているが、色々と問題があってね」

「問題？」

「私が国王に相応しくないから、国王陛下の弟、王弟である叔父のカデッツ公爵を次の国王にという者がいるんだ」

私が顔を顰めたので、彼は苦笑した。

「カデッツ公爵はお若い頃に幾つかの有益な功績を残された。そして今は殆ど社交界に顔を出さず、王の下にある議会に平民や新興貴族を加えるべきだと考えている」

「今は違うんですか?」

「今は上位貴族、つまり伯爵以上でないと議員にはなれない。新興貴族対古株の上位貴族の争いが、カデッツ公爵対私の対立となっている。そんなわけで、私としては利害関係のない者との時間が欲しい。けれど、女性は政治のことには疎いし口が軽い、男性は貴族である限りこの問題にかかわっている。頭が良くて口の堅い君は適任なんだ」

「私、そんなに頭はよくないですよ?」

「知識に欠けるところはあるだろうが、聡明(そうめい)だと思うよ。それに可愛い」

茶化(ちゃか)すようにウインクされた。

「だからこそ、君が何者なのか知って安心したい。その落ち着きや無欲さはどこから来てる? ただの侯爵令嬢じゃなくて、何かの教育を受けたりしているんじゃないかい? 学者になりたいとか?」

「……私、普通と違うんですね。その理由が知りたいってことですね?」

「そうだね」

普通の女の子のつもりだったんだけど、この世界では違うんだ。

違うことを気に入ってるけど、どうして違うのかを知りたいってことね。でないと何かの下心を疑ってしまう、と。

それを知らないと、もう会ってくれないのかな? 許されるならまたお話ししたいんだけど。

王子様だけど、この世界に来て一番楽しく過ごせた人だから。

「……わかりました。私、本当のことを話します。信じられなくても信じてくれると嬉しいです。私はここと違う世界で生まれました」

目を見つめたまま、彼は私の言葉に耳を傾けてくれた。

そこで私は自分がここより科学も医療も技術も進んだ世界で生まれ、幼い頃に大病を患ったのだと教えた。

この世界では考えられないだろうが、薬を針で直接身体に流し込んだり、食べ物を管で胃の中に流し込んだりしながら、ベッドの上で暮らしていたこと。

弱った身体では、他の病気に対する抵抗力がないから一つの部屋から出ることなく成長したこと。

そのときに医師達の世話になっていたので、抱えられたり他人に触れられたりするのに慣れたことなどを説明した。

「自分の足で歩いたり、口で食事ができることだけでも、とても嬉しいんです。それに、その世界では王様はいなくて、貴族もいません。王様に準ずる方はいましたが、統治はしていないし、私達が簡単にお会いできる方ではないから物語の登場人物みたいな感じでした。なので、会いたいとか、利用しようという考えにならないんです」

「何年病気をしていたんだい？　その世界では何歳だった？」

「病気は産まれた時からです。年齢は十九歳でした」

「病で亡くなったのか」

「いいえ。病気が治って外の世界に出た時に、事故で……」

それを言うと、彼はそっと私を抱き締めた。

「頑張ったんだね」

「信じてくれるんですか？」

「今の話を想像で語るには壮大過ぎる物語だな」

彼の言葉にホッとした。

頭がおかしくなった、と言われるかと心配したので。

温かい彼の胸に顔を埋めると、とてもいい匂いがして泣きそうになった。

自分のことを、誰かに話したかったんだ、慰められたかったんだと、初めて自覚した。

思わず、彼の服の裾を摑んでぎゅっと握ってしまう。背中に腕を回して抱き着きたかったけど、それは王子に対して不敬だとわかってるから。

「死んだ後、真っ白い世界でユリアーナと会ったんです。彼女は自分の境遇を嘆いていて死にたいと言ってました。死んで、新しい人生をやり直したいって。でも私は生きていたいって言って、そしたら彼女が自分をあげるって」

背中にある手が、トントンと軽くリズムを取って動く。

「そうしたら声が聞こえて、ユリアーナは生まれ変わって、私はユリアーナの人生をって。それで目が覚めたらユリアーナに……」

「声？　神の声？」

「わかりません。私、神様を信じてなかったので。……だって、神様がいたらもっと早く病気が治ってたはずでしょう？　私は自分で頑張ったし、支えてくれたのはお父さんやお母さんや弟や妹やお医者さん達だもの」

小さい頃は『神様お願いします』って祈ったことはあった。

でも何も変わらなかった。

「家族に辛く当たられて恨まなかった？」

「だって、私の家族はお父さんやお母さんや弟と妹だから。お父様やお義母様やエイダは私の家族じゃないもの」

「クレゼール家の者は他人、か」

「親しくはなりたいんですけど、会うこと自体がなくて。お義母様やエイダが私を嫌うのはわかるけど、お父様まで私を嫌っている理由もわかりませんし」

「そうだな。ユリアーナ嬢の母である先妻は大切にしていたように聞いていたが」

そうか……。だからなのかな。

彼の腕が緩み、顎を取られて上向かされる。

「君の話に興味は尽きないし、もっと聞いていたいけれど、そろそろ時間が来てしまった。続きはまた明日にしよう」

指が、まだわずかに残っていた涙を拭うように私の睫毛に触れる。

「君は私の話し相手、でいいかい？」

「……はい。私でよろしければ」

「君がいい。因みに、前の世界では何という名前だったんだい？」

「ユウリです、ユウリ・ミズハラ」

「ではこれからは君のことはユーリと呼ぼう。ユリアーナの愛称にもなるしね」

笑顔のまま、彼は私の額にチョンと唇を当てた。

キ、キ、キ、キスだよね？　これ？

「抱き締められるのは平気でもキスはだめか？」

「されたことありませんっ！」

「親子でもしなかったのかい？」

「前の世界の私の国ではしません。いえ、する人もいるかもしれませんけど、私は病気が感染るから他の人との接触は禁止でした」

なのにこんな綺麗な人から、額とはいえキスされるなんて。恥ずかしくて顔が熱くなってしまう。

「抱き上げるのは接触じゃないの？」

「自分で歩けなかったから、看護師さん……、お医者さんの助手さんが抱いて運んでくれたので……」

「うーん、その辺りをもっと聞くべきかな。だがもう仕事に戻らないと」

「あ、はい。お仕事優先させてください」

「聞き分けがいいのも、病気で我慢を続けてたせいかな？　君は私の妹のようなものだから、額や頬にキスされるのは慣れるといいよ」

「ほ……、頬もですか？　アメリア様も平気なんですか？」

「彼女は弟の婚約者だから、義妹でも簡単には触れないね。でも君はもう婚約者もいないだろう？」

婚約者のいない妹ならいいのかしら？

「でも、私が君を妹のように扱ってることは内緒だよ。私には権力があるから、それを狙って君に近づこうとする者もいるかもしれないからね。だからキスすることも秘密だ」

言い含めるような笑顔。綺麗な人の笑顔って、どことなく腹黒にも見えるけど気のせいよね。

「王子のお気に入りに媚びる人もいるってことですね。わかりました」

そう答えると、今度はとても優しい笑みに変わった。

「後のことはノースコート夫人に任せるから、従うように」

「はい」

彼がベルを鳴らし、メイドが現れると入れ違いに彼が立ち上がる。

「あ、あの……」

その背中に声を掛ける。

「ここにあるお菓子、もったいないのでメイドさん達と食べてもよろしいでしょうか？」

テーブルの上には、四人分のお茶の支度があったが、結局誰も手を付けていないのだ。

折角(せっかく)用意してくれたのに。

でも私の言葉は普通ではないのだろう。フェルナン様だけでなく入ってきたメイドも驚いた顔をしていた。

「いいだろう。ノースコート夫人の説明はここで行わせよう。君達も同席を許す」

私と話していた時とは違う凛(りん)とした声で彼が言うと、メイドは深々と頭を下げた。

そうして、私の王城での生活が始まった。

ノースコート夫人から、私はお城で暮らすための基礎知識を教えられた。

まず、ノースコート夫人がフェルナン様の元教育係で、今は侍女であること。

まだそんなに御年(おとし)ではないと思っていたけれど、四十過ぎの美魔女らしい。

メイドと侍女の違いも説明をされた。ここ、今迄もよくわかっていなかったことだ。

メイドは雑務を行う使用人で、それぞれの仕事によって持ち場が違う。でも全員が制服を着ている。貴族もいるし、平民もいる。

侍女は貴族だけで、制服はなく、節度あるドレスを着ている。華美ではないってこと。

そして特定の人に付いてお世話をする。

べったりくっついてるわけではないけれど、フェルナン様付き、アレウス付き、と所属が明確になっている。

他の人が使うことは許されているが、優先順位があるので、アレウス付きの侍女にフェルナン様が命じても、アレウスの命令が優先されるということだ。

他の人は心の中で名前を呼び捨てにすることができるのに、何故か私はフェルナン『様』を呼び捨てにはできなかった。

多分これも優先順位というものなのだろう。

彼が一番最初に『私』を見て、優しくしてくれた人だから、特別なのだ。

王城に住んでいる王族は四人。

陛下と王妃様とフェルナン様とアレウス。

国王夫妻は専用の棟があり、アレウスの母親であるお茶会の時に見た黒髪の美女は側妃で、離宮で暮らしている。

私からしたら、愛人さんという感覚だったのだが、王族は違うらしい。

王家を存続させるために跡継ぎは必須。なのに王妃様はフェルナン様を産んだ後、身体を壊して子供が望めなくなったために側妃を娶(めと)るようご本人が申し出たそうだ。

うーん、倫理観。

でも最初から王妃様が望んでいたので、側妃の方は自分と仲のよい、弁(わきま)えのある女性を選んだから二人の仲はいいらしい。

フェルナン様とアレウスは王子宮と呼ばれる棟で暮らし、こちらも兄弟仲はいい。

ノースコート夫人から聞いた感じでは、アレウスはブラコンだと思う。優秀な兄を支えるために頑張ってるらしい。

国王様には弟がいて、こちらがフェルナン様の言っていたカデッツ公爵。

先代の王様にはこの二人しか男子がいなかった。側妃も娶ったけれど女の子しか産まれず、王女は既に他国に嫁いでいる。

で、カデッツ公爵は現王が王位を継いだところで臣籍降下、つまり王族から公爵になった。

その途端お城にも滅多に姿を見せなくなってしまったらしい。

ノースコート夫人は、王位継承に問題を起こさないための配慮だろうと言ったけれど、王子が二人もいるなら別の理由ではないのだろうか？　わからないけど。

王弟対王太子の話は、ノースコート夫人からは出なかった。

知らないのか、そこまで私に話す必要はないと思ったのか。

私が暮らすのは、王子宮の一室。

既に婚約が整ったアメリアは王城滞在時のための部屋が用意されていて、そのすぐ近くになった。

これは対外的に『フェルナン様が求めた女性』ではなく『アメリア様のお話し相手の女性』とするためらしい。

王子宮で働く人達は私がフェルナン様の話し相手だということを知っているけれど、外部には内緒。

でも皆には実家で苛められていた可哀想な子供を王子が保護したという流れになっているらしい。

それはあの日私にお化粧をしてくれたメイドさん達やノースコート夫人の考えが伝わったからのようだ。

それに、王子様のお相手ならば宝石を贈られたり社交の場に連れ歩かれたりするのに、私にはそれがない。与えられるのは主にお菓子とあって、子供扱いだと認識されてる。

更に家から持ってきた荷物が鞄一つで、中身が動きやすい着替えのドレス一枚と小物だけというのが、『実家で苛め』を裏付けたのだろう。

それでも、メイドや侍女の皆さんと仲良くできるかどうか心配だった。

憧れの王子様と親しくしてる得体の知れない娘である自覚はあったから。

けれど顔にあった赤い斑点が他人（妹）からの命令だったことを知られ、社交界にデビューする年になってもお化粧をしたこともないと知られると、皆とても怒ってくれた。

「信じられないわ！」

「酷い扱いを受けてたのね」

……どうやら、お化粧できないというのは女性にとって一番辛いことらしい。

というか、想像できる『辛いこと』なのかな？

病人暮らしが長かった私は、しないのが普通だったので気にしなかったんだけど。

フェルナン様と会っている時間以外はすることがなくて暇だったから、お願いして端切れをもらい、巾着とか髪飾りとか作ってあげていたら、更に距離が縮んだ。

ハンカチに刺繍をしてあげたのも喜ばれた。

まだ栄養が足りなくて小柄だったからか、皆さん年上が多いからか、妹のように可愛がられた。

有理としては姉だったのだけれど、妹達と接することが少なかったから姉妹がいる感覚は初めてでちょっと気恥ずかしい。

そんな訳で、新しい生活は概ねどころかとても順調だった。

もちろん、フェルナン様との関係も順調だった。

呼び寄せられた翌日、これからはここで会おうと案内されたのは小さな客室だった。

「私の部屋でもよかったのだけれど、流石に未婚の女性を私室に招くのは外聞がよろしくないと言われたからね」

元々は色んな報告を受けるための部屋らしく、飾りの少ない簡素な部屋だった。

庶民の私としてはこの方が落ち着く。

ただ、当然のように膝の上に座らされたのは落ち着かなかった。

「あの……、フェルナン様。どうして膝の上に座らなければならないのでしょう」

「ユリアーナは妹だから」

「でも」

「お世話されるのには慣れているんじゃなかったの？」

「膝の上は慣れてないって言いましたよね？」

「でもユリアーナを膝の上に乗せていられるのは今だけだから。これからはちゃんと食べて、運動もして、健康な身体にならないとね。そうしたらもう膝には乗せられられないだろう？　だから今だけ」

そう言われると断り辛い。

「お菓子も用意したから、食べさせてあげよう。これは平気なんだよね？」

「はい」

最初からそのつもりだったのか、用意されたお菓子はみな一口サイズだった。

お菓子が運ばれてくるから、口を開ける。

家ではあまりお菓子をもらえなかったから、つい食べてしまう。

「あの……、扉を閉めてるみたいですけど、フェルナン様の私室じゃなくても未婚の男女が二人きりで密室にいるのはよくないのでは？」

「異界の話は、陛下にも話をした」

「え？」

「本当かどうかはわからないが、もし我々の知らない知識を持っているのなら詳しく聞いて欲しいと言われた。もし新しい知識を得られるなら他人に聞かれない方がいいと進言したら納得して二人きりで会うことを了承してくれた」

なるほど、確かに。

「でも私はそんなに知識が豊富ではないですよ？　ずっと入院してましたし」

「それは聞いてみないとわからないよ。君が普通だと思ってることが我々には特別かもしれないし。だから私と沢山話をしよう」

背中に彼の体温を感じながら、美味しいお菓子を食べさせてもらいながら、色んな話をした。

最初は病院のこと。

輸血とか、点滴とか、酸素吸入とか。理屈は理解してくれたし、興味は持ってもらえたけれどどこの世界の技術的には針を作るのは難しいだろうということになった。

ただ、経口補水液はすぐに作れるので試してみるということになった。

確か水一リットルに砂糖四十グラム、塩三グラム、レモン果汁が五十ミリリットルだったと思う。ここでは『グラム』とか『リットル』という単位がないので、試行錯誤が必要だと思う。

薬はいっぱい飲んだけれど、何で出来てるかまではわからなかった。私に使われた薬剤は一般的ではなかったので。

カルテとか、総合病院などのシステムは有意義だろう。

マスクや消毒液などは、ここでもすでにあるらしい。

「技術が進み過ぎていて、実用性が薄いな」

「すみません」

「それじゃ、ユーリの入院生活について聞いてみようか」

「面白くないですよ？」

「実体験の方が参考になるかも知れないだろう？」

彼はそう言ってくれたけれど、本当に面白い話などないのに。

小さい頃は辛くて寝てばかりいた。

体力を戻すために注射や点滴など、身体のあちこちに針を刺された。一人ではおトイレも行けなくて、お風呂も入れなかった。

着るものは診察のために脱ぎ着しやすいものだけで、もちろんお化粧もしたことはないし、装飾品を付けたこともない。

寝てばかりだから筋肉も付かなくて、今よりもっとガリガリだった。

そんな話をしてると、私を抱えている彼の腕に力が籠もるのがわかった。

「可哀想って言わないでくださいね？」

だからそう言った。

「この間『頑張った』って言ってもらえたのがとても嬉しかったんです。私、頑張ったから。ちゃんと病気は治ったんです」

誇らしげに言うと、背後から頬にキスされた。

「ああ、頑張った。偉いよ」

言葉は嬉しいけれど、キスは恥ずかしい。

「ユーリは強いな。私ならきっと途中で諦めてしまっただろう」

「だって、私のために家族が頑張ってたんですもの、私が諦めるわけにはいきません。それに、元気になって学校に行ったり、旅行したりしたかったから」

「旅行？」

「海とか山とか行ってみたかったんです」

「ではいつか私が連れてってあげよう」

「本当に？」

喜んで振り向くと、目の前に彼の顔。

近すぎてビクッと身体を引くと笑われてしまった。

「新しいドレスも用意しよう。家からは何も届いていないんだろう？」

「お仕着せを用意すると言われてましたから」

「それでも侯爵家の令嬢の荷物ではなかったと聞いてる。妹なんだから、うんと甘えなさい。甘やかしてみたかったんだ。他に何かおねだりはないか？」

「おねだりなんて……」

「何でもいいんだよ？」

「それじゃ、勉強がしたいです。学校に行っていないので」

「貴族の令嬢は学校には行かないな。家庭教師がいただろう？」

返事をしないと、彼の顔が歪んだ。

「付けてもらっていなかったんだね？」

「病気で……」

「私と出会った時にはもう治っていただろう」

「でも、本は自由に読めました」

とりなすように言ったのだけれど、納得はしてもらえなかった。

「アメリアが、ユーリと会いたいと言っていたから、彼女と一緒に王妃教育を受けるといい。それができるように手配しよう」

「お邪魔になるんじゃ……？」

「アメリアの侍女として同席すればいい。学ぶのはいいことだよ。あの家から離れるためには色んなことを学んだ方がいい。やりたいことをやることもね」

「裁縫とかしたいです。前世でもずっと部屋にいたから、そういうの得意なんです。刺繍とかも」

「では裁縫道具をそろえて贈ろう」

「お給金から引いてくださいね」

妹のためのの贈り物だから、お金はいらないよ」

「でも……」

「ユーリは私を誰だと思っている？　裁縫道具ぐらい簡単に買えるくらいの財力はあるよ」

「それって税金なのでしょう？　私のためになんて……」

「その考え方は立派だが、王子として個人財産があるから安心しなさい」

「はい」

その日のうちに、私の手元に裁縫道具が届き、それでメイド達に贈り物ができるようになることを、この時はまだ知らなかった。

「お菓子に満足したら横向きに座らないか？　顔を見て話をしたいんだけど」

「それなら膝から下ります」

「だめ」

爽やかな笑みで否定され、結局その日はずっと彼の膝の上で過ごしたのだった……。

フェルナン様とは、それからほぼ毎日お茶の時間を過ごした。

彼は王太子として忙しいので会えない日もあるし、会えても三時間程度、一時間くらいの時もあった。

話題は私の前世の話がメインだった。

学校制度とか、選挙とか、頑張って真面目な話もしてみたけれど、そういうのはすぐに対応できないので後にしようと言われた。

「ユーリと私が会ってることにメリットがないと、二人きりで会えなくなっちゃうから、何かないかな？」

と言われても。

ラノベとかで転生定番の石鹸（せっけん）は、すでにちゃんとしたものがあった。

お料理はしたことがないので、何となくは言えるけど自信がない。

ネットで読んだラノベの主人公って、みんな博識だったんだなぁ。そして私は無知なんだと思い知らされた。

タブレットとかスマホがないと全然役に立たない。

そんな中、何とか役に立ちそうだったのが、ガマグチと五徳ナイフとステープラーとサンドイッチ。

特にガマグチはすぐに作ってもらえて、感心された。

ファスナーも教えたんだけど、これはすぐには実現不可の類いだった。

自分が普段何げなく使ってた物の殆どが、手作業で作れる物じゃなかったんだぁ。

その後、編み物のかぎ針も無いと知って作ってもらった。

ここでの編み物は棒針か組み紐みたいな編み方らしい。

かぎ針の試作品をもらって目の前で編んであげたら、フェルナン様はとても驚いていた。

取り敢えず、ガマグチとかぎ針はすぐに採用されて、国王陛下から褒められた。直接お会いできなかったけど。

「これでユーリとの時間が邪魔されない」

喜んだフェルナン様からまた額にキスされてしまった。

この人、本当に妹がいたら絶対シスコンになるわ。

甘やかされるのは嬉しいからいいけど。

一方で、アメリアの王子妃教育に付き従って一緒に勉強することも始めた。

この国の歴史やダンス、淑女としてのマナーは実家で教えられなかったので、とてもありがたかった。

それに、勉強が終わるとアメリアとお茶を楽しみながらお話するのも楽しい。

憧れの女子会だ。

その席で、彼女からノースコート夫人が教えてくれない裏事情や外のことを教えてもらえた。

「フェルナン様が婚約者をお決めにならないから、夜会ではいつも大変なのよ。ご令嬢達が肉食獣のようで」

「……それは言い過ぎでは。でもどうしてフェルナン様はご婚約なさらないのでしょう」

「以前はいらしたのよ。殿下が五歳の時に隣国の王女様とご婚約されたの。でも火炎病で亡くなられて。それ以来婚約者はいないの」

　この世界の子供の死亡原因の一番は火炎病らしい。

　私は運がよかったんだな。

「その方を愛してらしたんですね」

「そうではないと思うわ。だって、お会いしたのも数回だそうだし。私が思うに、ご自分を餌にしてらっしゃるのじゃないかしら？」

　アメリアは言葉がストレートだ。

　嫌いじゃないけど。

「もしかしたら自分の娘や妹が王妃になれるかも、と思わせておけば殿下の不興をかいたくないでしょう？　敵対して潰される危険より、気に入られて王家の親戚になる可能性を選ぶ人の方が多いもの」

「でも二十歳を超えて婚約者がいらっしゃらない方は珍しいのでは？」

その常識はエイダに散々厭味で言われたから知っている。

「そうね。でもフェルナン様はまだ暫く選ばないと思うわ」

「どうして？」

アメリアの美しい唇が弧を描く。

「まだ準備が整っていないからでしょうね」

「何の準備？」

「周囲を認めさせる準備、でしょうね。フェルナン様は用意周到な方だから」

フェルナン様の奥様は未来の王妃様。どこのだれでもいいというわけにはいかないから、皆に認めてもらえる努力も必要なのだろう。

「フェルナン様の外見だけで惹かれる人は相手にされないでしょう。あの方は冷たい方だから」

「冷たい？　あんなに優しい方なのに？」

おまけに甘やかしだし。

なのに私が言うと彼女は苦笑した。

「美しい顔に穏やかな笑み。確かに一見優しい王子様に見えるでしょうね。けれど、本質は用意周到で計算高い方だと思うわ。それを隠せるほど頭のいい方。反対にアレウス様は感情が豊かで隠し事が下手。ご自分もそう思うから王には向かないと思ってらっしゃる。

私はそこが好ましいと思っているのだけれど」

「フェルナン様を優しいと思わないのですか？」

「私達は幼馴染みで、小さい頃から知っているけれど計算された優しさだと思うわ。逆らわない方がいいお兄様？　でもあなたには違うみたいね」

私は人を見る目がないのかしら？

どう考えても、ただ優しいだけの人にしか思えないのに。

「そういえば、アメリア様はカデッツ公爵とフェルナン様のことをご存じですか？」

彼女は『あら』という顔をした。

「王位継承問題のこと？　どなたから聞かれました？」

「フェルナン様から」

「それならお話してもよろしいわね。ええ、そういう問題はあるわ。普通なら第一王子と第二王子の間で起こる問題なのだけれど、アレウス様が早々にフェルナン様に下ると宣言なさったから反フェルナン派がカデッツ公爵を立てているの」

「カデッツ公爵は王位が欲しいのかしら？」

「そうは思えないわね。社交はおサボリになるし、引きこもったままですもの。でも平民の才能のある方達を集めたサロンを開いているわ」

「議会にも平民を、とおっしゃってるのでしょう？」

「お考えは崇高なものだと思うわ。だからこそ、成り上がりたい人達に担ぎ上げられているのでしょうね。本当に、公爵が表だって動こうとする方でなくてよかったわ。でなければ問題はもっと大きくなっていたでしょう」

私は少し考えてから訊いた。

「カデッツ公爵ってどんな方?」

「陛下とはお母様が違うけれど、フェルナン様に似てらっしゃるらしいわ。剣の腕もあるのでフェルナン様より体格がよろしいとか。私もあまりお会いしたことがないけど」

「ご結婚はしてらっしゃらないの?」

「ええ。昔から浮いた噂(うわさ)もないわ。陛下が王位を継ぐまでは、争いが起きないように力のある貴族との婚姻は出来ず、アレウス様が産まれるまでは王位継承者のスペアとして婿入りが許されない。そんな結婚事情だから面倒になってしまったのかも」

「アレウス様が産まれるまで? フェルナン様だけではいけなかったの?」

「継承者は二人いる方がいいのよ。一人だけでは病気や事故ですぐ失われるかもしれないでしょう?」

だから王子も二人、か。

「それと、陛下とはあまり仲がよくないとも言われているわ」

「ケンカしてるの?」

「いいえ。ただ王城にお顔を見せないからそう言われるのでしょうね。年も離れてらっしゃるし。フェルナン様のこと、気になるの？　妹さんのことより」

悪戯するような顔で言われてしまった。

私の転生のことを知っているのはフェルナン様と国王陛下だけだから、アメリアは私が長く婚約をしていて、エリオットに心が残っていると思っているのだろう。

「エイダはエリオットと婚約したのでしょう？」

「ええ。でも結婚はまだしていないわ」

「十八まで待つのかしら？」

「大人達の噂では、跡継ぎをあなたの弟君にしたい父親が、エリオットが侯爵家に入るのを遅らせようとしているのでは、と言っていたわ。ユリアーナはどう思う？」

「エイダはすぐ結婚して侯爵家の跡継ぎになりたいのだと思うわ。多分エリオットも。でもお父様は弟のノートンを跡継ぎにしたいのでしょうね」

「噂通りということね。でも正当な跡継ぎはあなたでしょう？」

その言葉には苦笑するしかなかった。

「爵位は男の人しか継げないんでしょう？　婚約者もいない私には無理よ」

「家を継ぐことに執着しないの？」

「家と領地をちゃんとしてくれるなら、誰が継いでもいいかな」

「本当にユリアーナ様は無欲ね」

私が有理だから、侯爵家に執着はないのよね。

……でもユリアーナは家を継ぎたかったかしら？

彼女の一番のこだわりは侯爵家のことではなかったから、気にしていなかったけど。

「アメリア様のご結婚はいつになるのですか？」

「一応十八歳になったら、ということになっているわ」

「婚約しているのに、まだ二年も？」

「正式な婚約はつい先日よ。婚約発表のパーティにはユリアーナ様にも出席して欲しかったわ」

「私は……」

「ええわかってるわ。こんなに綺麗になったユリアーナ様が現れたら、あの猿がうるさいでしょうし、元婚約者も付きまとうかもしれませんしね」

……色々突っ込みたいけれど、猿ってエイダのことよね？

「あなたは私が口が悪いと眉を顰めたりしないのね」

「公式な席じゃないから、いいのじゃない？　その……、お友達でしょう？」

おずおずと言うと、アメリアの頬が染まった。

「ええ、そうよ。ドレスや殿方の話しかしない他の令嬢達とは違うわ。いいことも悪いことも、本音で話せるユリアーナ様は私の親友よ。どうぞ私のことはアメリア、と呼んで」

「では私のこともユリアーナと」

　私もちょっと照れてしまう。

　二人でもじもじして、微笑み交わした。

　友達って、言葉に出して言うのは恥ずかしいよね。

「ユリアーナが一生結婚しなかったら、私と一緒に暮らさない？　多分アレウス様はフェルナン様が国王になられたら公爵になるわ。そうなれば侯爵家が文句を言っても撥ね除けられるもの。あ、もちろん好きな方と結婚なさるなら祝福するわ」

「結婚は……、考えてません」

「裏切られたから？」

「いいえ、恋愛とか結婚とかって考えたことがないので。元婚約者のエリオット様にもそういう感情はありませんでしたし」

　彼女はちょっと考えてから、思いも付かないことを言い出した。

「フェルナン様は？」

　フェルナン様？

「そんな、畏れ多いわ。……今みたいに時々お話ができるといいな、とは思うけれど」

「それならやっぱり私と一緒にいましょう。私は義妹になるのだから、お会いする機会があるもの」

「だと嬉しいな……」

今はまだ子供扱いだから親しくしてくれてるけど、もっと育って女性らしくなったら、今のように接してはくれなくなるだろう。

一番最初に優しくしてくれた人と疎遠になることを想像するととても寂しい。

もし大人になっても会うことが叶うなら、アメリアの侍女になってもいいな。どうせ家には戻れないんだし。

公爵家で働いてお友達と楽しく過ごす、それならユリアーナにとっても幸せではないだろうか？

「私、アメリアの侍女になるために勉強するわ」

「あらいやだ、侍女じゃなくてお友達よ」

「でも働かないと、ただ置いていただくのは嫌だわ」

「あなたは真面目ねえ」

アメリアは呆(あき)れたように笑った。

その笑顔は、やはり美しかった。

お城に来てからの時間は、とても早く過ぎていった。

楽しい時間は早く過ぎるって本当だわ。

侍女の仕事を覚え、アメリアの王子妃教育に付き添い、メイド達と仲良くして、フェルナン様との時間を楽しむ。

働くことが楽しくて、人と話をするのが楽しくて、優しく甘やかされるのが楽しい。

痩せっぽちだった身体も、十分な食事と適度な労働で娘らしく育ってきた。

お化粧も覚えたし、お給料で小物も揃えられた。ドレスはアメリアがお古をくれたので買わずに済んだのだ。

お古と言っても、公爵令嬢のドレスだからとても素敵なものだ。

素敵過ぎて普段は着られないかも、と言ったらフェルナン様から普段使いのものを何着か贈られた。

自分が面倒を見てるのに他の人に先を越された、と文句を言いながら。

で、今日もフェルナン様とお茶の時間だ。

いつもの部屋をノックして、返事を受けてからドアを開ける。

「失礼します」

お城へ来てから一年以上が過ぎて、この部屋も少し様子が変わった。

置かれている長椅子がふかふかになって、内装が明るく可愛いものになった。

そのふかふかの長椅子にフェルナン様が座って待っている。

「おいで」

と呼ばれて彼の隣に座る。

最近は顔が見たいから膝上じゃなくて隣に座るように言われているので。

「お疲れですか？」

いつもならすぐに笑みを浮かべてくれる顔が落ち込んでいるように見える。

「ごめん」

フェルナン様は私をぎゅっと抱き締めた。

これにも大分慣れてきたけれど、大きな身体に包まれるとドキッとしてしまう。

「あ、あの……？」

「ちょっと疲れてる」

肩に顔を埋め、ぐりぐりと懐いてきた。

「国境の視察がお忙しかったんですか？」

フェルナン様は昨日まで北の国境沿いに視察に出ていたのだ。

「五日もユーリに会えないなんて、ユーリ不足で死にそうだ」

「またそんな大袈裟な」

慰めるように、私は彼の背中を撫でた。

「本当だ。本当は一日だって離れたくない」

彼がこんなふうに甘えられるのは私だけだと、もう知っていた。

外での様子はアメリアが教えてくれるけれど、人前では完璧な王子様だそうだ。

笑みを絶やさず、泣き言も言わず、粛々と公務をこなす存在らしい。

私の前ではすぐ甘えてくるんだけど。

「ユーリを補給しないと」

言いながら彼の唇が耳に触れる。

「み……！　耳はだめって言ったでしょう！」

このキスにも慣れてしまったのだけれど、耳はくすぐったくて未だに馴染めなくて顔が熱くなる。

「じゃ、頬」

唇は頬に触れた。

「……もうっ」

長く過ごした時間が私達の距離を縮め、お互い遠慮がなくなってきている。

だから彼も簡単にキスしてくるし、私も咎めるように彼の背中を軽く叩く。

ゆっくりと身体を離したフェルナン様は、名残惜しむように鼻先を擦り合わせた。

「今年は冷夏で北の収穫量が減っていた。このままでは冬が厳しくなるだろう。その対策を考えないと」

「食べ物が足りなくなるの？」

「そうだね」

「じゃ、他所から買えばいいんじゃない？」

「今売る物どころか食べるのも足りないのに？」

「食べ物以外を作って売るの。前の世界では寒村地帯は出稼ぎとかしてたらしいから、仕事がないとそれは無理でしょう？　だから冬の間家の中で作れる物を考えて、それを売って食べ物を買えればいいかなって」

「冬になってからじゃ遅いかな」

「じゃ、今から作ったらいいいんじゃないかしら？　編み物とか木彫りとか」

「工芸品か」

「その土地だけの模様とか考えるといいかも。山に住む人は木工細工で、海際の人は編み物がいいわ」

「山の木工はわかるけど、どうして海際が編み物なんだい？」

「漁をしてる人って漁網を繕うでしょう？　だから手先が器用なの」

私は前世のフィッシャーマンズセーターのことを思い出していた。

ここでは編んでないけど、編み方は覚えている。

「木のお皿とかスプーンとかは子供用のを作ったらどうかな？　子供って陶器だとすぐ落としたりして割っちゃうでしょう？　でも木なら割れないし」

この世界、子供用の食器ってないのよね。

「子供用か、面白い考えだな。だがそれでは高くは売れないだろう。お金を払うのが貴族になるといいんだが」

「それなら、貴族用は名前を彫るとか、宝石の飾りを埋めこんでみたら？　あとママゴト用とか」

「『ママゴト』？」

「ええっと、子供が大人の真似をして遊ぶこと。小さいうちにマナーを覚えさせるために使ってもいいかも」

世界を変えるほどの発明はできなかったけど、こうして前世の知識で助言はできる。

これを更にいいものにして実現させるのはフェルナン様。

時々、ごく稀に、もの凄くいい知識を思い出すこともある。本当にごく稀だけど。

「地域の特産品か。考えてみよう。老人達ばかりの議会より、ユーリと話す方がよっぽど有益だな」

「御年を召した方達には経験という知識もあります。訊いてみれば、以前同じことがあった時にどうしていたかがわかるのでは？」

「そんな話題は出なかった」

「御年を召した方は忘れっぽくもありますから、思い出すのに時間がかかるのかも。それに、失敗した記憶も大切です」

「失敗したのに？」

「どうして失敗したかがわかれば、その反対をすればいいんですもの」

前世の私の病気は特効薬があるものではなかった。

だから試行錯誤が大切なことを知っている。この薬がだめなら別のを、この両方がだめならまた別のを。そうやっていくうちにいいものが見つかることもあるのだ。

「そういえば、ユーリが言っていた『りはびり施設』、病院の隣に建設が決定したよ」

リハビリ。

これは私の少ない『当たり知識』だ。

怪我(けが)や病気で落ちた体力や筋力を戻すためだけの施設。

前世、私が退院する前に受けていたリハビリの話をしたらフェルナン様が興味を持ってくれて実現した。

ここでは騎士などは怪我が治るとすぐに現場に戻っていたらしいけれど、やはり体力が落ちて降格していたらしい。

だから、身体がちゃんと動くようになるための病院と現場の間の施設があると教えたのだ。

そのために、引退した騎士や、現場を離れたお医者さんを雇ってその面倒をみてはどうかと提案し、採用された。

「動いた方が治りが早いという考え方はなかったが、実際やってみたらその通りだった」

「無理はだめですよ。『もっとできる』は禁物です」

「ああ、ちゃんと言い含めてある。今暫くは様子を見ながらだな。『りはびり』を専門に学ぶ人間も増やすつもりだ。それと『まっさーじ』と『すとれっち』だな」

「はい」

自分がやってきたことが役に立つと嬉しい。

「また何か思いついたら、いつでも言ってくれ」

「はい」

「人材を登用するのに身分は関係ないから、平民からも雇おうと思う」

「素晴らしいことですわ。……それなら、カデッツ公爵のお考えを参考になさっては？議会にも平民を、という」

「それはまだだめだな。叔父上の考えが悪いわけではないが、時期尚早だ」

「でもお話し合いをするくらいはなさっても……」

「今私が叔父上と会うのは望ましくない。私の味方は削られるし、叔父上の味方は私を疑うだけだ。この話はもうやめよう」

「はい……」

当人同士が同じ考えを持っていても、周囲が騒ぎ立てるという事ね。残念だわ。

彼の腕がするりと私の腰に回って引き寄せられる。

「ユーリは女性らしくなってきたね。もう膝の上には乗せられなさそうだ」

「重くなりましたから」

「重くはないよ。ただ、私がね」

「フェルナン様が？」

「意識してしまう」

「何をですか？」

わからなくて訊いたのに、彼は苦笑いを浮かべた。

「可愛がるだけでは済まなくなるということだ」

「もう可愛くないってことですか？」

お化粧とか、上手くなったと思うんだけど。

「違うよ。ユーリの無垢(むく)さは美徳だけれど、焦(じ)れったくもあるな」

「焦れったい？」

どういう意味？　首を傾げて彼を見ると、頬を撫でられた。

「君に話しておかなければならないことがある」

「……怖いお話ですか？」

声のトーンが落ちたので、不安になる。

こちらの様子に気づいたのが、優しく微笑まれた。

「いや。怖い話じゃないよ。実はアメリアから君をローガンス家の養女にしてはどうかという話を持ちかけられた」

「アメリアのお家に？」

「ノースコート伯爵家からも申し出があった」

「どうしてそんな……」

「どちらも、君をクレゼール侯爵家に戻すべきではないという考えからだ」

「私は侯爵家に戻らなければならないんですか？」

突然の話に、思わず声が大きくなる。

「戻りたくない？」

あの家に戻る……。

ここはとても居心地のいい場所だった。

でもあの家が居心地がいいとは言えなかった。

私を無視するお父様、嫌悪感を向けるお義母様、意地悪をする妹、無愛想な召し使い。

ベネガスとパティや古くからいた人達は親切だったけれど、近づきすぎることは禁じられていた。

ここでの暮らしが楽しいだけに、あそこへ戻りたいという気持ちは薄い。

「私は戻したくない」

返事を躊躇(ためら)っていると彼の方から言われた。

指先が、ゆっくりと私の頬を滑る。

「こんなに美しくなったユーリを、あの家がどんなふうに扱うか。もしかしたら無理矢理(むりやり)碌(ろく)でもないところに嫁がされるかもしれない。家の中に閉じ込めて苛められるかもしれない。そんな目に遭わせたくない」

そんなことない、って言えなかった。

言われたことは、あり得るかもしれないことだ。

「……でもその話題を出すってことは帰らなきゃいけないことが起きたんでしょう?」

「今すぐではないけどね。君を外に出さなければならない日が来るだろう。その時に、利用価値があると思われたら彼等はユリアーナは自分達のものだと言い出すだろう。言われたら、帰さなくてはならない」

「親だから……」

「そうだ。だからアメリアもノースコート夫人も、君を引き取ってあの家から連れ出してあげたいと言ってきたんだ」

クレゼールの家を捨てて他の家に行く。

確かにそうなれば縁が切れるだろう。

でもそれをしてもいいのかどうか、『私』には決められない。だってユリアーナのことだから。

ユリアーナはクレゼール家の娘でいることに固執するかもしれない。

「もう一つ、君を帰さなくてもいい方法はある」

「私が外に出なければいい？　それならそれでも……」

「それは私が困る」

「フェルナン様が？　どうしてですか？」

「君を外に連れ出したいからだ。君と並んで歩きたい」

「私がフェルナン様と並んで歩くなんて、畏れ多いですわ」

彼は顔をくしゃっと歪めて笑った。

「ここまで言ってわからないかな。私は君を手に入れたいんだよ。ユーリを自分のものにしたいんだ。ユーリを妻にしたいと言ってるんだよ」

「ええ……っ！」

私がフェルナン様の妻？　王太子の妻っていうことは未来の王妃様？

「無理ですっ！」

「……やっぱり全然わかってなかったんだね。こんなに私と二人きりで会っていて、王子妃教育も受けていたのに」

「だってそれは、フェルナン様が妹みたいだって。私の前世の知識を秘密にするためだって。教育だって、アメリア様のついでで……」

「ユーリが私を愛していないことはわかってる。それでも私は君が好きだ。他の人に渡したくない。ずっとここに閉じ込めて自分だけのものにしたいと思っていた」

愛……。

それって、フェルナン様と私が恋人になるってこと？

恋？

ずっとってことは、今迄キスされたりしてたのはそういう意味もあったの？

目の前のこの素敵な人と私が？

一気に顔が熱くなって、クラクラしてきた。

「やっと私を男として意識してくれた？」

しました。

自分には縁がないと思っていた『恋』という言葉を。

「意識させずにユーリに触れられる自由を手にしたままもよかったけど、もう我慢ができなくなってきた」

「え……、あの……、フェルナン様？」

頬を撫でていた彼の指が、スッと唇へ動いた。

「額や頬じゃなくて、ココにキスしたいって言ったら怒る？」

「こ……、お……」

ココにって唇ってことよね？　唇にキスって、本当に恋人みたいで……。

「……ごめんね」

何に対してなのかわからない謝罪の言葉を口にして、彼の唇が私の唇に触れた。

キス……、した。

男の人と、フェルナン様と、キスした。

「ユーリ？」

生まれて初めてのキス。

二回の人生で初めての……。

頭の天辺（てっぺん）で、プシューッという音が聞こえた気がした。

「ユーリ！」

そのまま、私は意識を失ってしまった。

再び目を開けた時、そこにいたのはノースコート夫人だった。

彼女の後ろから心配そうに覗き込むフェルナン様の姿も見える。

私は長椅子に横にされてるらしい。

「大丈夫ですか?」

夫人に訊かれて、コクリと頷く。

「ひゃい……」

「あまり大丈夫ではないようですね。何があったのか、あなたの口からお聞きしても?」

何が……。

思い出した途端、また顔が熱くなる。

「いえ……、あの……、何も……」

「私がキスしたんだよ」

上手く答えられない私に代わって、フェルナン様が言った。言ってしまった。

「……殿下」

ノースコート夫人が振り向いて彼をジロリと睨む。

「彼女は殿下の恋人でも婚約者でもないのですよ」

「プロポーズはした。それで軽いキスを」

「軽い？」

「本当だ。チョンと唇を当てた程度だ」

説明されて益々顔が熱い。

「ユリアーナ、本当ですか？」

訊かないで。

「酷いことはされていないのですね？」

「されてません……」

「衣服の乱れもないようですし、よろしいでしょう。殿下、おわかりになったと思いますが、ユリアーナはまだ子供です。以後はお慎みくださるように」

いいえ、もう社交界デビューはしてますし、前世と合わせるとアラサーどころかアラフォーの立派な大人なんですけど。

ただ恋愛経験がないだけで……。

「私もここまでとは思わなかった。今日のところは、素直に謝罪しよう。ノースコート夫人、彼女を部屋まで送ってあげてくれ。私も仕事に戻る」

「かしこまりました」

「ユリアーナ、続きはまた明日話そう」

フェルナン様は近づいては来なかったが、微笑んで手を振ってから部屋を出ていった。

扉が閉まると同時に、ノースコート夫人が深いため息を吐く。

「ユリアーナ。立てますか?」

「……はい。びっくりしただけなので」

「では部屋まで送りましょう。今日はこのまま休んで結構です。それと、ここであった出来事は誰にも言わないように」

「はい」

ゆっくりと身体を起こすと、彼女が手を添えて支えてくれた。

「たとえ相手が殿下でも、嫌な時は嫌と言っていいんですよ。問題があるようでしたら、私が聞きますからね」

嫌と言うか……。

本当に驚いただけだったから。

何も言えぬまま、まだふらふらする身体を夫人に支えられながら自分の部屋へ戻ると、扉を閉めた途端私はベッドに倒れ込んだ。

「頭がパンクしそう……」

キスされた。

フェルナン様が私を妻にと言った。

フェルナン様は、初めて会った時から優しくて、夢物語の王子様そのものだった。

前世ではあり得なかった薄紫の髪が、余計彼を非現実的な存在と思わせていた。

前世は日本人で、しかも病院から出たことがなかったから、自分の周囲には黒髪の人しかいなかった。

せいぜいが茶髪だ。

テレビやネットの中で髪を染めてる人は見たけれど、私にとっては画面の中であって現実ではない。

でもこの世界では、薄い銀髪に淡い色が付いている人はいっぱいいる。

薄紫だけじゃない、薄い赤や緑だっていた。濃い色は黒や茶が多いけれど。

素人考えだけれど、きっと濃い黒の人の因子が銀髪に出ると、青や灰色になり、茶色の因子が黄色や赤になり、それらが複雑に絡み合うと、紫や緑が出るのではないかしら。

ただやはり最初に出会ったフェルナン様はインパクトがあった。

美しい人だと思った。

「でも、遠い王子様だったのよね……」

最初に出会った時は、もう二度と会うことがないかもしれないと覚悟していた。

ここへ来てからも、周囲の人々の対応から彼が王子として特別な人だと認識していた。

だから生身の男性という意識はなかった。

妹だって言われていたし。

『ここまで言ってわからないかな。私は君を手に入れたいんだよ。ユーリを自分のものにしたいんだ。ユーリを妻にしたいと言ってるんだよ』

思い出すだけでジタバタしてしまう彼の言葉。

『ユーリが私を愛していないことはわかってる。それでも私は君が好きだ。他の人に渡したくない。ずっとここに閉じ込めて自分だけのものにしたいと思っていた』

愛してないなんてあり得ない。それが恋愛かどうかは別として。

彼の側にいると肩の力が抜けた。

彼は私がユリアーナではないことを知っている。私がユリアーナを演じなくてもいい、ユリアーナらしくなくてもいい唯一の場所、それが彼の隣なのだ。

国王陛下も私のことを知っているけれど、お会いすることはないだろうし、お会いできても肩の力が抜けることはないだろう。

むしろ緊張でガチガチになるかも。

フェルナン様は特別。

その自覚はあったけど、男の人としてなんて……。

「うう……っ」

私、今迄ずっと男の人と密室に二人きりだった。しかも膝の上に乗ったり、あちこちキスされてたなんて。

恋物語はいっぱい読んだ。ラブロマンスのドラマや映画も観た。

でも恋したことはなかった。

若いイケメンのお医者様でもいたら何かあったかも知れないけど、残念ながら私の担当医にそういう人はいなかった。

退院間際に通ったリハビリルームの療養師の人は若かったけど、リハビリに必死でそういう気持ちなんか起きなかった。

ではフェルナン様は？　彼を男性として好きなんだろうか？

あの大きな手で頬を撫でられるとドキドキした。額や頬にキスされた時も。妹として可愛がられているだけだと思っていても心臓は煩かった。

それが女性として、恋愛の対象としてされていたのだとしたら……。

考えただけで顔以外も熱くなってしまう。

彼が『男の人』なんだと強く意識してしまった。

意識しなかったから今迄平気だったけど、これからはもう彼の目を真面に見ることもできないかも。

目の前に彼の顔を思い浮かべるだけで、悶え死にそう。

だめ。冷静になるのよ。

彼は王子様。しかも次期国王となる王太子。私のような者が奥様になんかなれるわけがないじゃない。

王妃としての教育だって……、したわね。アメリアと一緒に。

もしかしてそのために？

だとしたらアメリアもフェルナン様の気持ちを知っていたの？

ノースコート夫人は知ってたみたいだけど。

ああ、もう恥ずかしい。

自然と指先がなぞる自分の唇。

彼の唇がここに触れた……。

髪でも額でも頬でもなく、ココに。

唇を重ねることは親愛ではなく恋愛。きっと彼もそう思ってるはず。

「これからどうしたらいいんだろう……」

頭がぐるぐるして、考えがまとまらなくて、頭の中がフェルナン様のことでいっぱいで、私は初恋（多分）に身悶えするしかできなかった。

それから三日間、フェルナン様からの呼び出しはなかった。

その間淡々と仕事をこなし、少し頭が冷えた。

四日目、ノースコート夫人に呼ばれ、いつもの部屋に行くとフェルナン様だけでなくアメリアも待っていた。

ノースコート夫人もそのまま同席した。

今度フェルナン様に会ったらどうしようかとドキドキしていたけれど、このメンツで集まるのなら気が引き締まる。

正直、二人きりじゃなくてホッとした。

でもそれも一瞬だ。

「フェルナン様、私はユリアーナの親友として確かめておきたいのですが、殿下は本当にユリアーナを求めてらっしゃるのですか？」

険しい顔をしながら口を開いたのはアメリアだった。

「もちろんだ」

「戯れでも側妃でもなく？」

「そんなものにするつもりはないよ」

「では真剣に考えなくてはなりませんね」

珍しく殿下の前で席に付いたノースコート夫人も難しい顔をしている。

フェルナン様は私の向かいに座り、左右の一人掛けの椅子に座った女性二人に睨まれる形になっているが、飄々(ひょうひょう)とした顔をしていた。

「では私のローガンス家の養女にいたしましょう」

「それはだめだ。ローガンス家からは既に君がアレウスの婚約者として上がっている。一つの公爵家から二人の王子妃を出すことはできない。力の偏りを気にする者が出るだろうからね」

「では私のノースコート家に」

「伯爵家は上位貴族ではあるが、未来の王妃としては爵位が十分とは言えない。ユリアーナを虐げているクレゼール侯爵としては爵位の下がる家に出すことは歓迎するかもしれないが」

「ではどうなさるおつもりですの？　このまま彼女を秘匿していては、皆に認めさせることはできませんわ」

「そうなんだよね。でも彼女を人前に出したらライバルが増えそうで」

「増えるでしょうね。ユリアーナは完璧ですもの」

……いいえ、完璧はあなたです、アメリア。

私は三人の会話に口を挟むこともできず、ボーッと聞き役に徹していた。

ノースコート夫人も立場的に控えめで、会話は主にフェルナン様とアメリアの間で飛び交っていた。

「でも婚約発表する前に彼女が相応しい女性だと認めさせなくてはなりませんから、社交界に出さなくてはなりませんわ」

「だが社交界に出せば虫が付く」

「クレゼール侯爵が一番の虫ですわ。ユリアーナの美しさに利があると思えば、勝手にどこかの家と婚約を決めてしまうかも」

「そんなことになったらその家を潰してやる」

……発言が不穏です、フェルナン様。冗談だとは思いますが。

「それにあの妹。エイダ嬢も絶対何かしてくると思いますわ」

「パーティ会場で？　彼女は婚約もしたのだろう？」

「甘いですわ、フェルナン様。ああいう女性は自分の負けを認められなくて嫉妬に狂うものです」

「となると、会わせたくないな」

「無理でしょう。仮にも相手は侯爵令嬢ですから。でも私の家の夜会でしたら、招待状を送らなければ来訪は許されません。当家は公爵家、あちらより格上ですから、無断で訪れれば門前払いができます」

「それはいいな。パートナーは……」

「殿下はなりません。すぐに噂になりますもの」

「だが他の男にエスコートさせたくはない。アレウスは……」

「私のパートナーですわ。それに王子で婚約者のいるアレウス様はパートナーとしてフェルナン様と同じくらい悪手です」

「そうだな」

二人が考え込むと、ノースコート夫人が挙手してから口を挟んだ。

「入場の時だけでしたら、私の夫でもよろしいのでは？」

「それはいい。では、ノースコート伯爵にお願いしよう。ユリアーナは夫人が面倒を見ているのだから問題はないだろう」

フェルナン様は納得顔だけれど、私、ノースコート伯爵にお会いしたこともないのに。

「となると、問題はクレゼール家が口を挟まないような理由を考えるだけだな」

彼の言葉に三人は黙って考え込んでしまった。

考え込むフェルナン様の顔も素敵。見たことない顔だわ。

いえ、今はそんな事言ってる時じゃないわね。私も何か考えた方がいいのかしら？

お父様は私に興味はないけれど、エイダのために利用価値があると思えば固執して使うでしょう。

お義母様達はとにかく私が上に行くのは嫌で、苛めたがる。

私に利用価値がなくて、下に見られればいいのかしら？　でもユリアーナを蔑まれるのは嫌だわ。

ユリアーナが無事ではいて欲しいけれど、軽んじられるようにもなって欲しくない。それは彼女の幸せには繋がらないもの。

「もしユリアーナが許してくれるのなら、私の侍女にしたと言うのはどうかしら？」

「アメリアの？」

「王子妃の侍女となれば利権が絡まないように他者を遠ざけるのは当然のことですもの。それに、彼女に拒絶の理由が与えられるわ。王子妃付きの侍女に文句を言うのは、私に言うのと同じこと。私を蔑ろにするのか、と怒れます」

「なるほど。では外に出す前に侍女となることを命じてしまおう。以後かかわらないようにと誓約書を書かせればいい。王子妃の侍女ならばそのくらい強く出てもおかしいとは思われないだろう」

アメリアが私を見た。

「ユリアーナ、正式に私の侍女になってくれる？」

「はい、もちろんです。アメリアの側にいることは喜びです」

答えると、彼女はにっこりと笑った。

「私もとても嬉しいわ。もちろん、それは表向きで、私達が親友であることは変わりないのよ？」

「妬ける(や)な……」

フェルナン様が何かをボソリと呟(つぶや)いた。

「では、陛下と話をして、国王の命令でユリアーナ嬢をアメリア王子妃付きの侍女として城に出仕するように命じよう。アメリアは未だ婚約者だが、妃を迎えるための準備があるからユリアーナ嬢は先に王城に居住させる。以後、王子妃の侍女に関する権利はすべて王家に移譲する旨の誓約書も書かせよう」

王子らしくキリッとした彼も素敵。いけない。

恋を自覚したら、すぐに彼のことで頭がいっぱいになるなんて、これが世に言う『色ボケ』なのかしら。

フェルナン様の側にいるためには、アメリアのように淑女らしくしないと。

緩みそうになる顔を慌てて引き締める。

「ドレスの用意は私が……」

「私がいたしますわ」

言いかけたフェルナン様の言葉に掛けてアメリアが宣言する。

「ねぇ、ノースコート夫人？　それがいいわよね？」

「然様でございますも」

女性二人に言われて、彼も口を噤んだ。

「では、私達はこれで失礼いたしますわ。ユリアーナ、後で私の部屋でお茶をしましょう。細かいことを決めないとね。ノースコート夫人もお寄りください」

結局、四人での話し合いの最中、私は殆ど口を開くことはなかった。

二人きりで残されると、彼は自分の隣をポンポンと示して移ってくるよう促した。

「君に私の色のドレスを贈りたかったんだけどな」

そう言われて、ふにゃっと崩れそうになる顔を引き締めるのには努力が必要だった。

だって、本当にフェルナン様の隣に立てる未来が浮かんでしまって。

元から内々ではアメリアの侍女の扱いだったので、内部では大きな騒ぎではなかった。

けれどアメリアによると、外では少し騒ぎがあったらしい。

クレゼール家は簡単に私の権利を手放したけれど、我が家から話が漏れてうちの娘も王子妃の侍女に、と声を上げる者が出たのだ。

アメリアの侍女は王妃様の下から老練な侍女が一人、後はアメリアの実家から連れて来る予定だったのだが、急遽新しく何人かを雇うことになって選定が始まったらしい。

王子妃の侍女ともなれば高位貴族との接点も増えるので、若い令嬢にとっては憧れの職場なのだそうだ。

私などが選ばれたから大変なことになって申し訳ないと言ったら、私は侯爵令嬢だから侍女というよりコンパニオンとして呼ぶのだと言われた。

侍女は貴人のお世話をする者だが、コンパニオンはお話し相手。より仕える方に近しく、他者からも一目置かれる。

そして王子妃のコンパニオンともなれば、王子妃の相談を受けたりもして守秘義務があるので外部との接触を断つ理由になるそうだ。

それに、コンパニオンならばずっとアメリアの側にいられるらしい。

「クレゼール侯爵から誓約書も取れたし、私という盾もあるのだから、今日は存分に楽しんで頂戴ね」

という訳で、今日はローガンス公爵家の夜会に出席する。

時間より早く公爵家へ送られた私は、アメリアの侍女達によって美しく着飾らせてもらった。

小柄な私はアメリアのサイズダウンした青いドレスを身に纏っていた。身分の高い方は何度も同じドレスを着ることがないので、下位の貴族や侍女に下げ渡すのが当たり前で、貰った方はその上位の方と繋がりがあると誇示できる。

だからわざと彼女のドレスを着るのだそうだ。

金の髪は緩く巻いてハーフアップにし片側に流す、ちょっと大人っぽい髪形。アクセサリーはシンプルな細い金鎖がレースのように見えるもの。

もちろん、お化粧もしてもらった。

黒髪に映える赤いドレスを着たアメリアの後ろでは印象薄いだろうけど、それなりに綺麗にしてもらえたと思う。

というか、自分史上では一番だ。

パートナーを務めてくれるノースコート伯爵は「本当に自分の娘なら自慢するね」と笑っていた。

私を養女に、という話を聞いていたらしい。

ただ、フェルナン様とのことは知らないのだそうなので、伯爵を含め誰にも言わないようにとノースコート夫人に厳命された。

「では行こうか」

淡い栗色(くりいろ)の髪のノースコート伯爵に手を取られ、アメリアより先に会場へ入る。

王城の大広間よりは小さいけれど、小さいなんて単語を使うのがそぐわないほど大きくて豪華な広間には、着飾った人々が集っていた。

アメリアは大した集まりではないのよ、と言っていたけれどとんでもない。公爵家であり、未来の王子妃の家が開く夜会とあって足が竦むほど華やかだ。

「緊張しているのかね？」

伯爵に問われてコクンと頷いた。

「このような大きなパーティに出るのはデビュタントの時以来です」

「では、悪い虫が付かないように気を付けないと」

王城の時のような呼び出しはなく、私達は人々の中に合流した。

見たこともない者が入って来たからか、向けられる視線が痛い。

その視線の中を進み、アメリアの近くへいく。

そこには、フェルナン様とアレウス殿下、それにアメリアのご両親らしきご夫妻を囲んだ人の輪ができていた。

「少し待ちましょうね」

と言われ、伯爵と二人で会話をしていた。

伯爵は丁度いいからと、参加者の名前や立場を説明してくれた。

そのうちの一人がこちらに気づいて、伯爵に声を掛ける。どうやらお知り合いのようで、そのまま話し始めてしまった。

相手が私のことをちらりと見たので、伯爵が妻が面倒を見ているお嬢さんだと紹介して私から離れた。

気を遣ってくれたのだろうけれど、それが不味かったのかも。

「……ユリアーナか？」

突然名前を呼ばれて振り向くと、エリオットが立っていた。

エイダに対する策は考えていたが、エリオットの事は考えていなかった。

「嘘だろう？」

ズカズカと近づいて来ると、彼は私を不躾な視線で眺め回した。

「顔が治ってるじゃないか」

「……はい。お蔭様で」

「ふぅん、城で侍女をしていると聞いていたが、一人で来たのか？」

「いいえ」

答えると、彼の顔が少し歪む。

「誰と来たんだ」

「……ノースコート伯爵です」

まだお知り合いと話をしている伯爵に視線を送る。

「ふぅん、年寄りか」

失礼な。ノースコート伯爵はそんな御年じゃないわ。

彼は更に近づいてきて、私に手を伸ばした。

「な……何です？」

思わず身体を引くと、彼は微笑みながらまた近づいて来る。

「身体付きもよくなったじゃないか。顔の斑が治れば綺麗になるもんだな。元婚約者のよしみとして踊ってやろう」

「結構です」

彼の下卑た視線と笑みが怖い。

エリオットって、こんな感じだった？　もっと紳士だと思っていたのに。

「遠慮するな」

「遠慮じゃありません。嫌だから断ってるんです」

「いいから来い。僕が誘ってやってるんだぞ」

逃げようとする手を摑まれてしまう。

声を上げる訳にもいかず、グイッと手を引かれて前につんのめる。

「あ」

傾く身体を支えてくれる人はいなくて、彼の胸に飛び込んでしまった途端、背中にゾゾゾッと寒気が走った。

人に支えられるなんて何ともないことのはずなのに。

「君は何をしているのかな？」

強い力が、べリッとばかりに私をエリオットから引き剝がす。

「何を……、殿下！」

「未来の王子妃の侍女に不埒な真似をしていたようだが？」

何だろう。声のトーンは代わらないのに、微妙に空気が寒い気が……。

でも引き剝がされた腕の中で、ほっと息がつけた。この安心感だけで、フェルナン様だとわかる。

「不埒だなどと、誤解です。彼女は僕の婚約者だったので……」

「『元』ね。婚約者が替わったことは聞いている。ということは赤の他人だろう？　未婚の女性を強引に抱き寄せるのは不埒と言うのだよ」

いつの間にか近づいて来たアメリアが、黙ってフェルナン様から私を受け取る。

「そうですわ。私の大切なユリアーナに何をなさってるの？」

ああ、アメリアも守ってくれてるんだ。

嬉しい、ほっとする。

「エリオット、いいから謝罪して立ち去れ。ここにいると悪目立ちするぞ」

アレウスまでやってきたので、ちょっと緊張するけど。エリオットを知ってる彼はさり

げなく遠ざけてくれた。というか、逃がしたのかも。

先の二人の圧が強かったから。

エリオットはアレウスの言葉に従って、そそくさと逃げていった。

「大丈夫でした？」

「ありがとうございます、アメリア様」

「あなたが美しくなったから、ちょっかい出しに来たのでしょう。自分から離れたくせに恥を知らないわ」

アメリアは自分のことのように怒ってくれた。

「そう怒るな。今日の主役なんだから」

アレウスは執り成すように彼女の腕を取るとフェルナン様にも言葉を向けた。

「兄上も、その冷気をしまってください」

「何を言ってるんだ。そんなものないだろう」

「……もういいです」

アレウスがアメリアとともに去り、フェルナン様がノースコート伯爵に声を掛けていると、背後からグイッと腕を摑まれた。

またエリオットが、とドキッとしたけど、睨みつけていたのはエイダだった。

どうして彼女が？　クレゼール家は招待していないのに。そう思ってから気付いた。エイダはクレゼール家の令嬢ではなくエリオットの婚約者として同行したのだと。

　そのままグイグイと私を壁際まで引っ張っていく。

「何であんたがここにいるのよ」

「アメリア様の侍女になったから」

「城から出られないんじゃなかったの。それにどうして化粧まで」

「アメリア様に呼ばれればどこへも行くわ。これからも他のパーティやお茶会にも出席するかも。お化粧はしないと失礼でしょう？」

「どうして斑点を描かないの。描けって言ったでしょ！」

「バレてしまったのよ。お化粧を落とした時。アメリア様の側にいるならくだらないことをしないようにと怒られてしまったわ」

　怒られたというより心配されたのだけれど、この答えはアメリアが予め考えてくれていたもの。

「そんなドレス、どこから持ってきたの」

「アメリア様のお下がりよ」

　彼女はイライラした様子を隠さず、私のドレスをグイッと引っ張った。

「あんたなんかが着ていいドレスじゃないわ」

　そりゃ、公爵令嬢のドレスですもの。

「皺が寄るから放して。汚したら怒られてしまうわ」

アメリアは怒らないだろうけれど、こう言えば放してくれるかと思った。でもそれは間違いだったようだ。

彼女はにやっと笑うと近くのテーブルに置かれたままだった誰のかわからない飲みかけのワイングラスを手にして中身をドレスに零したのだ。

「あ……っ！」

「せいぜい怒られなさい」

捨て台詞を残して、彼女は立ち去った。

ドレスに残った濃い赤の染み。

「どうしてよりによって赤ワインを選ぶかなあ」

白だったら洗えばすぐに落ちたかも知れないのに。

「せっかくアメリアが用意してくれたのに」

赤い染みの横に、ポツリとまた染みが落ちる。色の無い染みだ。

「ユリアーナ嬢。離れてしまって申し訳……」

声を掛けてくれたのはノースコート伯爵だった。

「誰に？」

ドレスの染みに気づいて問われたけれど、答えることができない。

「こちらにいらっしゃい。下がりましょう」

伯爵は私の背に手を添えて、そっとその場から連れ出してくれた。

音楽が遠ざかる。

これぐらいのこと、平気だったはずなのにどうして涙が出ちゃうんだろう。今迄悔しいなんて思わなかったのに。

服が汚されるぐらい仕方ないで我慢できたのに。

別室に入ると、我慢していた涙はボロボロと零れた。

「ユリアーナ嬢……」

気遣う伯爵の優しい声に気づいた。

そっか、私を想ってくれた人々の気持ちを汚されたから悔しいんだ。私のために色々考えて準備してくれた人達の気持ちを壊されたことが悲しいんだ。

「帰りたいです……」

「ああ、そうしよう。ローガンス公爵とアメリア様には伝言を頼むから」

私の我が儘を受け入れて、伯爵は頷いてくれた。

そして、ダンスを踊ることもなく私の愉快は終わりを告げた。

「泣いたそうだね」

不機嫌を隠そうともせず、フェルナン様が言った。

夜会から二日後、いつものお茶の時間に呼ばれて部屋に入った途端睨まれる。

「……申し訳ございません」

折角色々考えてくれていたのに、結果ドレスを汚して早々に退場となったのだから怒られるんだろうな。

お説教をされる覚悟でいた私の耳に届いたのは想像もしていなかった一言だった。

「ずるい」

「は？」

聞き間違いかと変な声を漏らしてしまった。

怒ってるというより、拗ねてる？

「私は君が泣いたのは見たことがない」

確かに、彼の前で泣いたことはない。優しい彼の前では泣く理由がなかったから。

「出会う前は仕方がないとして、ここへ呼んでからの君の初めては全て私のものにしたかったのに。ノースコート伯爵に先を越されるなんて」

「ええと……？」

何を言ってるのかと訝しがる私の前で、フェルナン様は俯いてぶつぶつと独り言を繰り返した。

「爵位は申し分ないのだからもう正式に公表すべきか？　それともやはり閉じ込めておくべきか？　だがそれでは幸福ではないだろうし、合意を得ないで先に進むのは……」

「あの、フェルナン様？」

思わず声をかけると、やっと彼は顔を上げて微笑んでくれた。

ちょっと怖い微笑みだったけど。

「ああ、夜会でのことは聞いたよ。元婚約者に絡まれたそうだね。それに妹にドレスを汚された」

エリオットのことはアメリアが見ていたから知られてもおかしくはないけれど。

「どうしてエイダのことを？」

「ああ、ドレスを汚されたと聞いて調べたんだ。メイドの一人が見ていてね。赤毛の女性が君と話をしていて突然ワインを掛けて立ち去ったと。誰かまではわからなかったようだが、今の君の言葉を聞いて想像した通りだとわかった」

近くに貴族の者はいなかった。けれど不備を見逃さぬように会場のあちこちに使用人達は控えていた。その人達が気づいたのだろう。

「私の考えが足りなかった。というか、彼等が私の想像以上に愚かだったというべきか。

アメリアの侍女という肩書を与えても、それを理解できない人間には役に立たないのだということがわかったよ」

彼の手が髪に振れ、一房すくい上げてキスを落とす。

前は『髪の毛なら』と思えた仕草なのに、恋を意識した今は緊張して身体が固くなる。

「ユーリ?」

「あの……、それではやっぱり外に出るのは止めるということで……?」

動揺を隠すために訊く。

「魅力的な考えだが、君の素晴らしさは見せつけなくてはならない。

「私に素晴らしいところなんて……」

「沢山あるさ」

「それは異世界の知識ですか?」

「それもあるが、それは他人には知らせられないね」

他に何があるのだろう? ノースコート夫人達のお陰で綺麗になったとは思うけど、アメリアを始めもっと美人な人はいっぱいいるし。

「それはね、君の我慢強さや優しさ、他人に媚びることも他人を恨むこともしない素直さだよ。装いや知識、マナーは教えれば誰でも覚えることはできる。けれど心根は生まれ持った『特別』だ。ユーリだけの宝物だ」

「そんなもの……」

「謙遜を知っているのもいい。ユーリのいいところならずっとあげていられるが、今は今後のことについてだ」

フェルナン様は私の腰に手を回した。

うう……、また緊張する。

今まで『私』に触れる人は保護者だけだった。お父さんやお母さん、お医者さんに看護師さん。この世界に来ても、みんな私の世話を焼いてくれる人だけだった。

でもフェルナン様は違うんだと思うと、受け止め方が変わってしまう。

せめて顔に出さないようにしないと。

自意識過剰って思われちゃう。

「今後と言うと……」

彼はするりと手を離して頭を撫でてくれた。

「これ以上ユーリに悪い虫が寄ってこないようということだよ。ノースコート伯爵では弱いから、もっと強い人間をエスコートに付けてあげよう」

保護者みたいに優しい目をしながら。

好きって言ってくれたのは、やっぱり妹としてなんじゃないかなと思わせるような。

というわけで、私はこれから先暫くパートナーを務めてくれる方にお会いした。

フェルナン様の護衛騎士の一人、エドワール・バシレ様だ。

「年は若いが既婚者で、現在奥方は妊娠中で社交は控えている。悪い虫にならない安全な男だ」

フェルナン様の紹介してくれた方は、身体の大きなちょっと怖い顔だけど笑うと優しそうな男の人だった。

エドワールは侯爵家の生まれだけど三男だから爵位は継げない。でも騎士として近衛に入り騎士伯を得ている。

顔の怖さもあるし、王族直属の近衛騎士という立場もあるので、変な人が寄ってきても追い返せるとのことだった。

事実、次に出席したパーティでエリオットが近づいて来たけれど、エドワールが私の前に立ってすっぽりと隠してくれた。

エイダは彼の一睨みで撃退だ。

奥様ではなく私を連れていることを訊かれても、「アメリア様より警護を命じられております」と硬く答えるだけ。

でも御本人のお知り合いの方には紹介してくれた。

奥様のお友達という女性はあちらから声を掛けてくださった。

「あり得ないけれど、浮気かと心配で」

という理由からだったらしい。

もう社交界デビューはしていると言っても、お姉様達からするとまだ子供と思えるようで可愛がってくれた。

彼女達が下位貴族の女性達だったからか、エイダが私に気づいても近づいてくることはなく、嘲笑するような笑みを向けてきた。

でも彼女達からは社交界での現実的な知識を得ることができた。

「グラッセル伯爵は奥様にお弱いのよ」

「マージナル伯爵には近づかない方がよろしいわ。女性がお好きなの」

「メンナム子爵夫人はお口が軽いからあまりお話しされない方がよろしいわ」

「最近のドレスの流行はレッセルね。マダム・レッセルは王妃様のお気に入りよ」

「グラハム工房の馬車の乗り心地は別格だけれど、購入できる方は限られているわ。とてもお高いの」

などなど、注意すべき人物のことから最新の流行まで。

彼女達の所領である行ったことのない土地の話も聞けた。

　そして女子が集まれば出て来るのは恋バナ。

「王弟であるカデッツ公爵も第一王子であるフェルナン様も婚約者すらいない状態ですから、期待する女性がなかなかご自分の婚約者を決めないのよ」

「ユリアーナさんはご実家が侯爵だから可能性あるかも知れないけれど、私達下位貴族の者は、上位貴族のお嬢さん達が婚約を渋ってる間にいいお相手を見つけるの」

「騎士はいいわよ」

「あら、私は文官がオススメよ。特に王城勤めだと王都住まいになれるし。いちいち自領に帰るのは大変だもの」

「バシレ卿(きょう)は殿下のお覚えもよろしいし、優良物件よね」

　もう皆さんご結婚されているのに、興味はあるらしい。

「ユリアーナさんは跡取りではないのでしょう?」

「多分弟が継ぐと思います」

「あら、あなたか妹さんが婿を娶るのではないの?」

「父の考えはよくわかりません。それより、カデッツ公爵とフェルナン様はそんなに人気なのですか?」

「それはもう。カデッツ公爵は王家主催の夜会にしかご出席なさらないけど、美丈夫で有名ですし、私達より上のお姉様方はまだ狙ってらっしゃるわ。フェルナン様は言わずもがなね」

「公爵家のご令嬢や大臣の娘さん達はフェルナン様から離れないわ」

「もうそろそろユリアーナさんも十八でしょう？　早くご婚約を考えた方がよろしくてよ。今まで一度もご婚約なさらなかったの？」

これには何と答えるべきだろう？

考えて言葉を濁していると、私の婚約の騒動を知っているらしい方が慌てて執り成してくれた。

「ユリアーナさんはおとなしい方だから、私は浮わついた貴族より騎士がオススメよ。バシレ様に紹介していただいたらいかがかしら？」

そう言った彼女は、私の元婚約者を知っているのだろう。姉から妹に乗り換えた浮ついた貴族として。

でも私も彼女も核心には触れなかった。

「そうね。高位の貴族は愛人を囲うこともあるし、結婚前に交渉に及ぶこともあるもの。その点、騎士は清廉でなければ品位に欠くと謗(そし)られるわ」

「どうかしら、騎士が皆さん清廉とは限らないのでは？」

「バシレ卿は清廉な方だと思いますわ」

私が言うと、皆も大きく頷いた。

「私はまだ結婚は考えられません。恋愛もよくわからなくて。最近やっと男の人を意識したぐらいなのです」

正直な気持ちを告げると、お姉様達は生温い目を向けた。

「そうね。ユリアーナさんはそれでいいのかも」

……前世と合わせると彼女達より年上のはずなのに、子供扱い。でも、経験地は断然低いから仕方がないのかな。

お姉様達は生まれた時から人と接してきて、厳しい社交界を生き抜いてきた。でも私は狭い病室で私を気遣ってくれる人達に囲まれていただけだもの。

そんな優しいお姉様達のお陰で、その後はパートナーの必要ないお茶会にも出席できるようになった。

バシレ卿がいなくても、彼女達が守ってくれるから。

それに、アメリアが声を掛けてくれるから高位貴族の女性達も近づいて来た。

外に出ないから見知りの人は少ないが、私は侯爵家の娘。第二王子妃の侍女としてアメリアと親しくしているとなれば、お近づきになりたい人も多いのだろう。

これで侍女ではなくコンパニオンだと知れたらもっと人に囲まれてしまうだろう。

でも私は最初に親しくしてくださったお姉様達から離れなかった。

前世を生きた私は、貴族という立場で人の優劣は決めない。所詮貴族なんてご先祖が功を上げただけ。お付き合いは本人の資質で決める。

でも私が社交界で認められてくると、幾つかの問題が生じた。

まずエイダ。

私の周囲に人が集まることが悔しかったのか、私が病弱で外に出られなかった。まともな教育も受けられなかった。婚約者も愛想を尽かして妹を選ぶくらいだから、すぐにお役を外れるだろう。誰かと結婚しても跡継ぎは望めない身体だ。

そんな噂を流したのだ。

意地悪する人って、どうして離れていてもわざわざ意地悪しようと考えるのかしら？

気にしないようにしていたのだけれど、別の問題が起きた。

私が社交界で認知されてきたことで、フェルナン様が外でも声掛けをするようになったのだ。

「やあ、ユリアーナ嬢」

名前を呼んで、私とわかって近づいて来る。

彼の弟の妻になる女性の侍女だし、侯爵家の娘なのだから別におかしなことではない。

声を掛けると言っても挨拶程度。他の侯爵家の令嬢にも伯爵家の令嬢にもしている。

「君のデビュタントの時のパートナーを務めたのだから一曲ぐらいいいだろう」

ただそう言ってダンスに誘われるのは困ってしまった。

フェルナン様と踊れるのはとっても嬉しい。でも周囲からの注目と、エイダの視線には胃がキリキリと痛んだ。

フェルナン様に紹介して欲しいと言ってくる人も出てきたし。

お友達ができて嬉しいが半分、必要以上の注目を浴びて胃が痛いのが半分。

そんな状態で社交を乗り切っていた時、俄然やる気が湧く話を聞いた。

「今度、アレウス様の誕生会が催されるのよ。貴族の殆どが出席するのじゃないかしら」

それは私が待っていたチャンスだった。

「お願いがあるんです」

いつものお茶会、私はフェルナン様に願い出た。

「アレウス様の誕生会の時、私をカデッツ公爵に紹介していただけませんか？」

フェルナン様は聞くなり難しい顔をした。

「叔父上に？　どうして？」

「一度もお会いしたことがないので、お会いしたいんです。ちょっとでいいので。駄目でしょうか？」

「……駄目ということはないけど、複雑だな」

「お立場の問題ですか？」

「いや。今まで何一つねだったことがないユーリの初めてのお願いが叔父上に会うことだっていうのがだ」

「そうでしたか？」

「今まで、辛い思いをしていた家から出ることも、立場を得ることも望まなかった。ドレスや宝石をねだることもなかった。私に会うことだって、自分から言い出すことはなかっただろう？　君はいつも現状に満足して何も望まなかった」

「それは、よくしていただいているので他に何も望む必要がなかったからです」

「家族に苛められても？」

「食事は与えられていましたし、大きな怪我をさせられることはありませんでした」

「無視されたり軽んじられたりしても？　城へ来た時には夜会用のドレスも宝石も与えられなかっただろう」

「必要を感じませんでしたし、必要なものはこちらで用意していただきましたから」

「私に会いたいとも言わなかった」

　でもその問いには俯いてしまう。

「……フェルナン様がお忙しいのはわかっていましたから、我が儘なんて言えません」

「私としてはもっと頼って欲しいのだけれどね」

彼は俯いた私の頬に手を添えて顔を上げさせた。

「ユーリの遠慮深さは前世の記憶のせい？　前世で家族や友人に何か頼んだことはないのかい？」

「頼るなんて。十分よくしてもらってました。お金のかかる治療をしてもらって、それ以上は望めません」

答えると、彼はふうっと息を吐いた。

「君の前世のことは聞いた。病でベッドから起きることなく十年以上を過ごし、多額の治療費の負担をかけ、親に甘えることもできなかった。友人を作ることもできなかった。外から病の種を入れることのないよう、物を持ち込むこともできなかった。不自由を不自由と感じることもなかったのだろう。けれど君はもう有理ではない、ユリアーナだ。何かを望むことは罪ではないんだよ？」

「でも、私の我が儘で誰かの都合をねじ曲げるのは辛いです」

彼はそっと私を抱き寄せた。

自分のものではない香りがふわりと漂う。

「私は君の慎み深いところが好きだ。だが我慢してばかりでは幸せになれないよ。私にだけは望むことを口にして欲しい。私は君に我が儘をいっぱい言ってるのだから」

「君を家族から離して城に呼び寄せ、侍女として働かせ、社交が苦手な君を社交界へ押し出した。その上、私の隣に立たせたいからと厳しい王妃教育も強いている。君の承諾を得ずにね」

「そんな、私はここで暮らせるだけで十分幸せなんです。だから返せるものは何でもお返ししたいと思うのに、何にもできなくて……」

彼の腕が緩んだので、身体を離す。

密着は嬉しいけど心臓がもたないのだもの。

「返せるもの、か。そんなことを気にしなくてもいいのだけどね。ただ君のおねだりが欲しいだけなんだ」

残念そうな声。

そんなに私におねだりして欲しかったの？

そうか、王太子におねだりするような人などいないものね。唯一しそうな弟のアレウスは兄上至上主義だから言うはずないし。

「ではカデッツ公爵に紹介してください」

せっかく言ったのに、私を胸に抱いたまま、また彼がため息をつく。

「だから初めてのおねだりがどうしてそれかな。もっと甘いおねだりはない？」

「我が儘だなんて……」

「甘い……。でもいつも出されるお菓子は十分美味しいので十分です」

「いや、そうでなく」

何故か彼は額に手をやって天井を見上げた。

やはり駄目かしら？

もし駄目なら、自力で公爵を捜して声を掛けるしかないのだけれど、私は公爵の顔を知らないのよね。

「君のそのおねだりを聞いたら、御褒美をくれるというなら考える」

「御褒美ですか？」

「返せるものは返したいのだろう？　それならユーリから私の頬にキスしてくれるなら、望みを叶えてあげよう」

キ……ス。私から？　フェルナン様に？　何度か頬にキスされたことはあるけれど私からなんて。想像しただけで顔が赤くなってしまう。

「無理だろう？」

でもどうしてもカデッツ公爵に会いたい。会わなければならないのだ。

私はギュッと手を握り、彼の頬に顔を寄せた。

唇をちょんと当てるだけのフェルナン様の頬は男性の肌なのにすべすべだった。

「……しました」

何故だか涙目になって報告すると、彼はキスした頬に手を当ててポカンとしていた。

「あの……、今のじゃ駄目ですか?」

「あ、いや……」

青い目がじっと私を見下ろす。

そんなに見られると恥ずかしさで身悶えてしまう。男の人に自分からキスするなんて、何てはしたないことをしたのかと、今更ながら後悔した。

驚いてるということは、きっと彼は私がキスするなんて思っていなかったのだろう。からかわれただけだったのかも。真に受けてキスなんかしたから呆れてるんだわ。

「……そんなに会いたいのか」

やっと表情を戻したフェルナン様は、私の頭を撫でた。

「わかったよ。叔父上に君を紹介しよう。ただし、私の婚約者候補だと言うからね?」

「こ……、婚約者候補」

好きだと言われたことは受け入れたけど、『婚約者候補』と明確な単語を聞くと現実味を帯びてくる。

妻にしたい、が真実なのだと。

「ずっと私の側にいてくれるだろう?」

「フ……フェルナン様が望んでくださるなら」

「私が望むから、か。まあいいだろう」

勇気を出して了承の言葉を口にしたのに、彼はあまり嬉しそうには見えなかった。

言葉遊びで言ってるのじゃないわよね？

「他に望むことはない？」

「今のところは特にありません」

「はぁ……、宝石の一つもねだって欲しいのだけれどね」

「ねだる前に贈られているので。パーティ用に揃えてくださったでしょう？」

「指輪とか欲しくない？」

「いいえ、今いただいてるものだけで十分です」

「……その意味もわからない、か。では新作のケーキは？」

「ケーキ！」

思わず声を上げると失笑されてしまった。

「ユーリはまだそっちだね。では明日は新作のケーキを用意しよう」

そしてまた頭を撫でられた。

子供にするような優しい手で。

アレウスの誕生会のパーティは、それはそれは豪華なものだった。

ここのところ幾つもの夜会やお茶会に出席してきたけれど、桁違いだ。

デビュタントの時も多くの人が集まっていたが、あれとは違う。

あの時の主役は若いデビュタント達、けれど今回は王子様。国外からもお祝いを述べに来る者達もいて、国力を示すかのように華やかだった。

主役のアレウスの婚約者は決まっているが、まだ第一王子の婚約者は不在とあって女性達の装いと意欲も並々ならぬほどだ。

「今日もお美しいですよ、ユリアーナ嬢」

バシレ卿はそう言って褒めてくれたけれど、私など埋没しているのではないだろうか。

今夜の主役はアレウス殿下なのでアメリアはその隣から離れられず、近づくこともできそうにない。

もちろんフェルナン様もだ。

というか、主役のアレウスより囲まれているのではないだろうか？

「本日は殿下が声掛けをなさる予定でしたが、無理そうですな」

その様を見て、バシレ卿がいったん私を壁際に待たせてどうするかをフェルナン様に訊きにいった。

女性達の輪に怯むことなくフェルナン様に近づいて、耳元で何かをささやき交わす。

相手が男性だから令嬢達は距離を置いてくれて、人の切れ間から彼の視線が一瞬こっちに向けられたのが見えた。こちらを見たのは気のせいかもしれないけど。

バシレ卿は戻って来ると、すぐに私をエスコートしてその場をそっと外れた。

「カデッツ公爵はご挨拶が済んだ後に別室へ引かれるそうです。お話しは通してあるので、そちらでご挨拶をとのことでした。よろしいですか？」

「はい」

会ってるところを他人に見られたくなかったので、その方が有り難い。

「差し出がましいようですが、ユリアーナ嬢はどうして公爵にお会いしたいのですか？」

他意のない彼の疑問。それはそうよね、普通は王弟殿下の公爵様に会いたいなんて言い出す令嬢には理由があるはずだものね。

「伝言を頼まれているんです。その方はもうここには来られないので」

「どなたですか？」

「……それは秘密です」

私の言葉に、バシレ卿はそれ以上突っ込まず、会場を出た。

お城に住んでいると言っても、私がいるのは王子宮。本宮と呼ぶべきこの場所は初めてで、手を取って歩きながらもきょろきょろしてしまう。

「こちらは初めてですか？」

「はい。バシレ卿は慣れてらっしゃるのですか？」

「職場です」

なるほど。彼は近衛の騎士だったわ。

通路を進むと途中に立っている衛士も彼に目礼をしてゆく。力量を認められた騎士なのだというのがそれだけでもわかった。

白い扉の前まで来ると、彼がノックをする。

中から「入れ」と低い声がする。

「失礼いたします」

断ってから扉を開けると、そこには背の高い男性が立っていた。

腰まである長い金髪に淡い水色の瞳をした壮年の男性。面差しはどこかフェルナン様に似ているけれど、もっと冷たい印象がある。

「そちらがフェルナンが会わせたいと言っていた令嬢か」

低い声。

歓迎されてるようには思えない。

「ユリアーナ・ノア・クレゼールと申します。カデッツ公爵様におかれましては、貴重なお時間をいただき、心よりの感謝を」

名乗ると、相手は更に不快そうに顔を歪めた。

「甥からの頼みだ。一目見るくらいはいいだろう。これで満足したか」

「いいえ。今少しお時間を」

私はバシレ卿に視線を向けた。

「申し訳ございません、バシレ卿。少しだけ二人きりにしていただけないでしょうか？」

「ユリアーナ嬢、それは……」

「扉は開けておいて構いません。本当に少しの間だけです。カデッツ公爵様、どうかお願いいたします。お話ししたいことがあるのです」

後半は公爵に向けての言葉だったのだけれど、公爵は不快を通り越して怒りの表情を浮かべた。

「フェルナンに気に入られているようだが、それで付け上がっているのか。お前ごときが私と話をしたいだと？　フェルナンに何か言われているのか？」

「いいえ、フェルナン殿下は関係ございません。けれどどうしてもお話しする必要があるのです」

「お前と私が？」

「はい」

「ユリアーナ嬢、それ以上は不敬になります。どうぞお戻りを」

「いいえ、嫌です。私はどうしても公爵様にお話ししなければならないことがあるのです。どうかお願いします」

私はその場に膝をついて土下座した。

「ユリアーナ嬢！」

「お願いいたします」

焦るバシレ卿を無視して、私は頭を下げ続けた。

きっと、この方と会えるのは今日だけだと思う。私には自分から彼と会う方法も地位もないのだから。だとしたら今、彼に話をするしかないのだ。

「……五分だ」

「公爵様」

彼は眉間に皺を寄せたまま言った。

「立て、椅子には座らせん。長居をされたくはないからな」

「はい、十分でございます。バシレ卿、申し訳ございませんが席を外してください」

「しかし……」

「よい。その細腕で何ができるわけでもないだろう。廊下で待っていろ」

「承知いたしました」

心配そうな視線を向けながらも、バシレ卿は公爵の命令に従った。

未婚の男女が二人きりで密室に、というわけにはいかないので扉は少しだけ開かれている。なので私は声が外に届かないよう、公爵に近づいた。

「名前からお察しかと存じますが、私はルティーナの娘です」

「のようだな」

「そしてあなたの娘です」

あの白い空間で本当のユリアーナに会った時、彼女は全てのことを悲しみ、怒っていた。その中でも一番怒っていたのは『親』のことだった。

「ハッ！　何を世迷い事を」

「母が無くなる前に教えてくれました。公爵様と母が愛し合っていたと。けれど母はクレゼール家の一人娘で婿を取らねばならず、あなたはまだ幼いフェルナン殿下の次の王位継承者として臣籍降下することがゆるされなかった。アレウス殿下はまだ産まれていなかったから」

この世界では幼子の死亡率は高く、万が一フェルナン様が亡くなられた時のために公爵は王籍に残っていなければならなかった。

彼が臣籍を得たのはアレウスという二人目が産まれたからだ。

突然、彼は大きな声で笑い出した。

「何を言い出すかと思ったら、くだらない。ルティアーナと恋人だった時があったことは認めてやろう。だが彼女は私を捨てた。彼女を抱いたのは合意の上だった。私は王子がもう一人産まれたら彼女を迎えるはずだったが、その前に彼女は他の男と結婚した。会うことも拒まれた。それが真実だ」

「違います」

母はお腹に子供がいたから待てなかったのだ。王弟が結婚前の侯爵令嬢に手を出したという醜聞を隠すために。

彼を守るために口を噤んだのだ。

「そんな言い訳を母親から聞かされて、王族になれる夢でも見たのか？」

「違います。ただ一言、『ユリアーナは大切な娘だ』と言ってくだされればそれだけでいいのです」

ユリアーナは、母親が亡くなる前にこの事実を聞かされた。

それまで実の父親と思っていた人が父親ではないと知らされて驚いた。そして父が愛人を囲っていると知った時、母を愛していると思っていた父がどうしてそんなことをしたのかという理由に気づいた。

父親は母のことが好きだった。愛していたのだろう。

けれどユリアーナはその愛する女性が他の男との間に作った子供だから憎かった。

自分の子供が欲しい、そのために愛人を作り、自分の子を設けた。

あの家の中で、自分だけが誰とも血の繋がりがない。

だから父は自分を庇ってくれることはなかった。

それよりも悔しかったのは、手を出しておきながら一度も自分に会おうとしない実の父親だった。

『一度ぐらい考えなかったのかしら？　お母様が産んだのは自分の子供だって』

頬を膨らませて少女は叫んだ。

『みんなお母様は愛するけれど、私を愛してくれる人はいないんだわ。本当のお父様に、私はあなたの娘よって言ってやりたかった。今まですまなかったって泣いて謝らせたかった。私だって、誰かに無償で愛されてるって思いたかった』

ポロポロと涙を流しながら。

「『一言だけでいいから愛する娘という言葉を聞きたかった』のです。その他は何も望みません」

けれど私とユリアーナの必死の訴えは侯爵には届かなかった。

蔑むような目で見られ、鼻先で嘲笑われ、背を向けられる。

「言いたいことはそれだけか。満足したなら去れ」

「お父様……」

「二度とそのように呼ぶな。言い掛かりだ。あの女と同じ顔など見たくもない」

「……公爵さ……」

「バシレ！　入ってよい！　この娘を連れていけ」

公爵が声を上げると、扉が開いてバシレ卿が入って来た。

涙を流す私を見て少し驚いたようだが、エスコートするように腕を取った。

「参りましょう、ユリアーナ嬢」

この身体のどこかに、ユリアーナの心が残っていたのかもしれない。有理として両親に愛されていた私が、ユリアーナを憐れんだのかもしれない。

ただ、『ユリアーナ』が愛されなかったことが悲しくて、涙が止まらなかった。

全て捨ててもいいと言って、新しい生を望んで消えてしまった少女が可哀想だった。

ただ誰かに愛されたいとだけ願っていた彼女が。

「『オーガス様と出会ったバラ園に行きたかった』それが最期の言葉です」

ユリアーナから聞いていた母親の最期の言葉を投げかけても、公爵は振り向きもせず、言葉もくれなかった。

バシレ卿は泣き続け、涙で化粧の取れてしまった私を広間に戻すことはできないと判断したのだろう、別の個室へ誘うと、そこで待つように言って出ていった。

長椅子に座り、崩れ落ちるように倒れ臥す。

この世界に来て、ユリアーナと入れ替わって、たった一つだけ望みがあった。

彼女が怒りと悲しみで口にした『親』のことを何とかしてあげたい。

『私の存在すら知らないのよ、実の父親は』

『……もし知ったら、お父様だけは私を愛してくれるかしら？』

『お母様も私を愛しているようでそうではなかったのだわ。お母様が愛していたのはお父様だけ。私のことなんてきっとどうでもよかったのよ』

憎まれ口のように言いながらも、その表情には寂しさがありありと浮かんでいた。

辛い闘病生活を送っていても、両親に愛されていたと実感していた私には、彼女に掛ける言葉が見つからなかった。

だから、ユリアーナとして生きていくのなら、いつか彼女の望みを叶えてあげようと思っていた。本当の父親にユリアーナの存在を教え、一言だけでいいから『愛してる』と言ってもらおうと。

でも公爵は認めてくれなかった。

「ごめんね……、ユリアーナ」

彼女は今の両親に愛されたいとか、妹と仲良くしたいとか、贅沢な暮らしがしたいとも願っていなかった。

あの時の状態を恨み、悲しんではいたけれど望むものがなかった。

ああ、そうか。

きっと私達は『そこ』が一緒だったから出会ったんだわ。

何もいらない。贅沢も健康もいらない。ただ愛する家族と一緒に穏やかに暮らしたいと願っていたところが。

ユリアーナはまだ見ぬ父親にそれを望み、私はようやく触れて抱き合える家族にそれを願っていた。

愛されて、愛して、楽しく暮らせることを。

でも私達は二人とも、それが叶わなかった。

それが酷く悲しかった。

「ユーリ」

ノックの音がして、返事をする前に飛び込んできたのはフェルナン様だった。

「……ユーリ、泣いていたのか？」

まだ涙の乾かない私の顔を見て、彼が怪訝そうな顔をする。

そのまま扉にカギをかけて近づくと隣に座って顎を取って顔を上げさせられた。

「叔父上に何を言われた」

「何も……」

ユリアーナと公爵の関係は誰にも言ってはならない。ユリアーナの母もユリアーナ自身も他人に隠し通していたことだもの。

「二人きりで話をしたのだろう」

「はい……」

「何故?」

「それは……」

「ほんの数分だったと聞いた。その間に何があってそんなに泣くことになったの?」

青い瞳に真っすぐ見つめられて、思わず目を逸らす。

「私に隠し事か?」

声に怒気が孕(はら)んだのに気づいて慌てて視線を元に戻す。

「叔父上に会いたい理由も言ってくれなかったね。どうしてあんなに会いたがったの? もしかして以前会ったことがあったの? どういう理由で泣かされたの?」

矢継ぎ早の質問にも答えられることはない。

「バシレから、人に頼まれたから会いたいのだと言っていたと聞いたけど、頼んだ人は誰? 城で君が親しくしてる人間にそんなことを頼む者はいないはずだよね? それとも侍女達の中にいたのかな?」

どうしよう。

でもこのことはフェルナン様にも言ってはいけない気がする。カデッツ公爵も認めてはいないのだし。

「叔父上が好き?」

「好き……」

ユリアーナは会ったことのない父親を好きだったのかしら?

「ユーリ」

肩を捕まれ、いきなり唇を奪われた。

「ン……」

視界を覆うほど近いフェルナン様の顔。

あまりに突然だったので驚きが先に立ったけど、彼の唇をじわりと感じると頭に血が上ってしまった。

唇へのキスは特別なのに。

「私より叔父上の方が好き?」

ゆっくりと離れた彼の瞳は、切なく細められていた。

「私のことを好き?」

「……はい」

「でも愛してはいない」

「え？」

　苦笑しながら彼は続けた。

「わかっていても私は君を諦められない。私以上に好きな男がいないのなら、私を選んで欲しい。前にも言っただろう？　私は君を妻に望んでいると」

　はい、言われました。だから私はあなたを男性として意識してしまったんです。

「い……妹みたいだから……」

「それは最初の話だろう。今は違う。一人の女性として愛している」

「で……、でも私なんかが殿下にそう言っていただけるとは……」

「フェルナン」

　指が頬をスッと撫でる。

「信じてくれないの？　だから余所見をするの？」

　また顔が近づく。

　キスされるのかと身体を引くと、抱き締められた。

「ひゃっ」

　肩に、彼の顔が埋まる。

　吐息が首にかかる。

「じゃあ信じさせればいいのかな?」

かぷっ、と首を噛まれた。

「……っ!」

歯は立てられてなくて、唇の柔らかい感触が肌を食むだけだけど、それが却ってくすぐったくて生々しい。

「本当はね、もうずっとユーリに触れたかった。私はユーリよりずっと年上の『男』だからね。愛したら触れたいと思うんだ」

抱きしめていた手の片方が背中に回って私を捕らえ、もう一方が腰に回る。

「前の人生を思い出したユーリは私より精神年齢は年上のはずなのに、閉ざされた場所で生きてきたからいつまでも中身は子供のまま。だから我慢してた。でも私がいつまでも消極的だと愛していることすら疑われるのなら、我慢する必要はないよね?」

チュッ、と音がして何度も首に唇が押し当てられる。

ぞわぞわして身体が震えた。

不快だからじゃない。むしろ……。

彼が身体を起こし、顔を覗き込んで来る。

見つめ合ったまま、息がかかるほど顔が近づく。

視線を逸らさないと、顔を背けないと。この後にされることの察しがついているのに目が離せない。

なけなしの抵抗で目を閉じたけど、それが悪手だった。

また受けてしまう唇へのキス。

しかも今までされたものとは全然違う。

今までは、唇を押し当てるだけのものだった。でも今は、舌が唇をこじ開けて中に侵入してくる。

映像で見て知っている。これはディープキスだわ。

でも当然ながら経験したことなどない。キス自体フェルナン様とのが初めてだったのだもの。

「ふ……」

耳の奥で心臓が鳴る。

温かくて柔らかいものが口の中で蠢く。

頭の芯が揺れて、溶けてしまう。

まるで蜂蜜みたいに甘くて、ドロドロに。

「ユーリ……」

唇が一瞬だけ離れて名前を呼んだ。でもまたすぐに口付けられ貪られる。

再び合わさった唇はやっぱり柔らかくて、濡れた舌は私の舌を搦め捕って舐る。

温度差のあった舌が同じ熱になると、そこから二人が繋がって一つになってゆくような気がする。

腰に回って手が動いてドレスの上から胸に触れた。

そっと撫でられるだけだし、嫌らしい触れ方じゃない。ただ滑ってゆくだけなのに心臓が痛い。指が触れた場所が軌跡のように痺れを生む。

お医者さんに胸を触られたことはあったけど、こんな触り方じゃなかった。ううん、触ってるのがお医者さんじゃなくてフェルナン様だからこんな風に感じるんだわ。だって、フェルナン様は私の好きな人なんだもの。

「ユーリ」

唇が頬に移動する。

キスって……気持ちいい。

彼に触れられることが心地いい。

もっと、全身に触れて欲しい。

耳にされるキス。

そのまま軽く耳朶を咬まれる。

「フェ……」

胸にある手が、膨らみの先端をカリッと引っ掻く。

「あ……んッ」

ピリピリッと痺れが走って声が漏れる。

自分が出したことのない甘い声に恥ずかしさが募る。

「嫌ではない？」

「あ、あの……」

「嫌だったら、私を突き飛ばして抵抗していいよ。無理矢理どうこうするほど自制ができないわけじゃないから。でも、もう少し触れさせてくれると安心するな」

これ以上を望むのは、はしたないことだと頭の片隅で声がする。

でも、この心地よさを手放せなくて返事に戸惑っていると、キスが首筋を下りて肩へ向かった。

夜会のドレスはオフショルダーなので、彼のキスが移動してゆくのに押されてずるずると落ちてゆく。

「こんなところに珍しいホクロがあるんだな」

チュッとリップ音がして肩にもキス。

胸に触れていた手もいつの間にか下ろされていて、ドレスの襟回りが拘束具のように腕の動きを止める。

だから、彼の手がスカートを捲(めく)るのも、中に滑り込むのも止めることはできなかった。

太股の上を熱い手が滑る。

だんだんと危険な場所に近づいてゆく。

「あ……」

胸元にキスされて、襟を落とされた胸が露になってることに気づいた。

慌てて視線を落とすと、彼の舌が悪戯っぽく先をぺろりと舐めるのが見えた。

視覚と感触の両方で、ビクリと身体が震える。

「ん……ッ」

反射的に、動く肘から先で彼の身体を押し戻すと、パクリと先を咥えられた。

「や……っ」

咥えた口の中で、舌が先を弄ぶ。

力が抜ける。

スカートの中の指が下着の上から触れる。

「だめ……っ！」

これ以上続けたら大変なことになってしまう。

自分が自分でなくなって、彼に全部もっていかれてしまう。

そう思って声を上げた。

男の人は一度『その気』になったら止まらないと聞いていたけど、フェルナン様は弾かれたように身体を起こした。

立ち上がって、手で顔を覆って顔を逸らす。

「ごめ……」

謝罪すると、自分の上着を脱いで私の上にかけてくれた。

「理性がこんなにも脆(もろ)くくずれるなんて知らなかった……」

「フェルナン様……」

これ以上触れられてはいけないと思うのに、向けられた背中が寂しいと感じる。

「抵抗してくれてありがとう。自分で思っていたより余裕がなかった」

細い声。

「叔父上という恋敵が現れたかと思ったらタガが外れてしまった」

「公爵様とはそういう……」

「うん。キスまでは嫌がらないでくれたものね。……だがユーリ、私が君を望んでいるのは本心だ。本当なら今すぐにでも婚約したいくらいだ。だがクレゼール侯爵家に王家の縁戚という名を与えたくはない。だからその件が片付くまでは今のままでいるしかない」

背中を向けたままだけれど、だんだんと落ち着きを取り戻していつもの声音に戻る。

私の身体はまだじんじんと熱いのに。

それがはしたなくて、私はすぐにドレスの肩を戻し、身体を起こして座り直した。

「早急にどこか君を養女にしてくれる家を探そう。……またお茶に呼んだら二人きりで会ってくれる？　それともう怖い？」

「行きます。わ……、私まだ恋とかわからないけど、フェルナン様は好きです」

「恋がわからない、か。私が君に何をしたいかもわかっただろう？　そういう意味の好きを理解して欲しい。暫くここで休むといい。後でノースコート夫人を迎えによこそう」

「……はい」

返事をすると、彼は振り向かず部屋を出ていった。

彼が何をしたいか……。

私を女性として求めたいということよね？

結婚したいって本気だったんだ。

「嬉しい……」

まだ熱い身体を自分で抱き締めながら、今度こそ真剣に恋愛について考えた。

彼と、もう一度あのキスができるかどうかを。

翌日、早速フェルナン様は私を呼んだ。

いつもの部屋だけど、いつものように彼の隣に座るのが恥ずかしくて距離を置く。

「私が怖い？」

彼が少し寂しそうな顔をして訊いた。

「いいえ、その……恥ずかしくて」

今度はすぐに明るい笑みを浮かべる。

「それは意識してくれてるってことかな？」

「……はい」

認めると、彼は更に笑顔になった。

「最低なことをしたと反省していたけれど、必要なかったかな」

「で、でももう突然あんなことはしないでください」

「うん。あれはやり過ぎだったね。ごめん」

そう言いつつも手が伸びて引き寄せられる。

「フェルナン様」

咎めると手は離れたけれど、距離はぐんと近くなった。

「昨日言っていたユーリの養女の先だけれど、クレゼール家に表だって瑕疵(かし)があるというわけではないのでなかなか難しい。格下の家に出すわけにもいかないしね」

「侯爵家か公爵家でないと、ということですね」

「そう。しかも王家が縁を結んでも良い家でないといけない。ずっと探しているんだけど、難しいところだな」

「そうですか……」

「私と結婚することは嫌じゃない？」

訊かれて、身体が強ばる。

「私なんかでいいのかと……」

「君がいいって、何度も言ってるつもりだけど？」

「ユーリは自己評価が低過ぎるよ。ここのところ表に顔を出してるから、クレゼール家には婚姻の申し込みが山ほど来てるのに」

「そうなんですか？」

それは初耳だった。

お父様からはそんな話は届いていなかったのに。

「今はアメリアが止めてる。自分の側に置く者を適当な相手と結婚させることはできない、と。だがそれも限界だろう」

この世界の結婚はほぼ親が決める。

アメリアが阻止してくれなければどんな相手と結婚させられていたか。

「アメリア様には感謝しかありませんわ」

「他の男と結婚したくない?」

「……はい」

「叔父上が申し込んだら?」

まだ気にしていたのね。

「あり得ません」

ここだけはきっぱりと断言しておこう。父親と結婚なんてあり得ないし、あんなことを言い出した私を公爵は女性としても求めないだろう。

「私……、初恋もまだなので恋愛はよくわかりませんが、フェルナン様は一番好きな人です。それに……」

「それに?」

私は膝の上で自分の手をぎゅっと握り締めた。

これだけは言わなくちゃ、と。

「昨日のことは……、嫌じゃありませんでした」

「ユーリ」

「でも! ……まだ早いかなって」

俯く私に、クックッと笑う声が聞こえた。

よかった、怒ってない。

「じゃ、養子先が見つかったら、婚約を発表していい？」

「……はい」

フェルナン様はガバッと私を抱き締めた。

「よかった。私だけが暴走してるんじゃないかと心配だったんだ」

吃驚(びっくり)はしたけど、彼の腕に包まれるとほっとした。

昨日のドキドキしたのとは違う感覚。

ほっとするのは好意だよね？　お母さんに抱き締められてもほっとしたもの。フェルナン様にそれを感じるってことはまだ好意なのかしら？

昨日のドキドキは恋みたいだったけど。

「あの……、好きと恋愛ってどう違うんですか？」

素直に疑問を口にすると、また笑われた。

「キスしたいかどうか、かな？」

昨日のキスを思い出して顔が熱くなる。もう一度キスしたいって、昨日思ったわ。

「それなら、……私フェルナン様に恋してます」

両頬に手を添えられ、顔を向けさせられる。

この近さで顔を見るのだって初めてじゃないのに、期待に満ちた視線に恥ずかしさで目が泳いでしまう。

言うべきじゃなかったかも。

「それって、キスしたいって言ってる？」

そう取られるわよね。

「……そういう訳じゃ」

「じゃ、別の質問。キスしてもいい？」

嫌じゃない。恥ずかしいけど、この人に嘘はつきたくない。

自惚れかもしれないけど『したくない』と言ったらがっかりされてしまいそう。彼に落胆されたくない。

というか、して欲しい気持ちが確かにあった。

「……はい」

身構えた私に、彼が軽いキスをする。

「今はここまでだね。これ以上だとまた我慢できなくなるから」

微笑まれて、ふわっと胸が温かくなる。

私、こんなに幸せでいいのかしら？

大好きな人に、こんな素敵な王子様に好きだって言われて、キスされて。

ユリアーナとしても、有理としても存在を認めてもらって、愛されて。

大好きなアメリアの側にもいられるし、意地悪な家族とも離れることができた。

ユリアーナ、どこかで見てる？　あなたはとても幸せになったわ。愛してくれる人と出会うことができたわ。

これからは幸せしか待ってない。

本当のお父様のことだけは上手くできなかったけど、その分もきっとフェルナン様が愛してくれる。

「もう逃がさないからね？」

その言葉に、私は小さく頷いた。

「はい。お側でもっと私に『恋愛』を教えてください」

「……そのセリフが計算だったら、ユーリは小悪魔だな」

ここまでと言ったのに、フェルナン様はまたキスをくれた。

やっぱり軽いキスだったけど……。

アメリアには、私とフェルナン様が恋人になったと報告した。

「やっとフェルナン殿下の願いが叶ったのね」

と笑った。

彼女が言うには、フェルナン様は他人に対して興味がなく、態度にソツはないけれど対人関係は王太子としての損益で考えるような人だったらしい。

そうは見えないけど。

なのに私に固執しているのはあからさまで、守ると言いながら囲ってるのが見え見えだったとか。

「でも私もユリアーナが気に入ってしまったから、あなたを側に置けるならと思って協力していたのよ」

うん、それはわかっていたけど。

「でもあなたの意志を無視してだったら、逃がしてあげるつもりだったのよ。だから二人が纏まってくれてとても嬉しいわ」

彼女とのお茶会にアレウスも同席することがあって、「年下の義姉上か」と呟いたのが耳に残った。

兄上至上主義の彼としては、兄が選んだ女性に文句はないらしい。

でも歓迎はしてくれてるようだ。

ノースコート夫人も、具体的になった私とフェルナン様の婚約話に積極的で、時々私とフェルナン様のお茶会に同席して養子先の貴族についての話し合いをしていた。

心配なのは、まだ一度も国王夫妻にお会いしていないこと。

もうフェルナン様の気持ちは疑っていないけれど、陛下達が許してくれなかったらどうしよう。

フェルナン様を好きだと思えば思うほど、そのことだけが心配だった。

「陛下が反対しても、私は君を選ぶ」

「家族に反対されるのは辛いです……」

「ユーリは家族が大切なんだね。ではどうやってでも説得し、祝福を得るようにしよう」

家族が大切。きっとその通りだ。

前世では愛されているのに触れ合うことが出来なかった、今は触れることが出来るのに触れてもらえず愛されてもいない。

恋を知らない人生では、家族は一番愛する人だった。

フェルナン様から愛されるなら、義理の弟妹になるアレウスとアメリアに愛されるなら、義理の両親となる国王夫妻にも好かれたい。

「できれば、抱き締めて頭を撫でてもらえるようになりたいです」

「うーん、抱き締めるのは私が嫉妬するから頭を撫でるぐらいにしておいて」

フェルナン様は甘くてちょっぴり独占欲が強いかも、

でもまだ夜会でエスコートはしてもらえない。お父様達に気づかれないように。

そのエスコートといえば、バシレ卿から別の人に替わった。

バシレ卿の奥様の臨月が近くなり、育休を取られたそうだ。

前世では育休を取るのは難しいと聞いていたけれど、この世界では跡継ぎとなる第一子の出産に限り育休がもらえるらしい。

それだけ貴族にとって跡取りは重要ということだろう。

新しいエスコート役はリカルド・トルバーグ。バシレ卿と同じく近衛の騎士で、侯爵家の次男。未婚だけれど只今(ただいま)絶賛恋愛中で、近々婚約が発表される。

「婚約前の大事な時期だから、余所見はしないだろう。安心できる男だよ」

トルバーグ卿はイケメンなので、紹介された時に浮気しないようにと注意を受けた。聞いてたトルバーグ卿は苦笑していたが。

なので卿がいなくなってから、私は顔で人を好きにはなりませんと言っておいた。

けれど、卿がイケメンなことは別の方向で問題があったようだ。

何と、初めて夜会でお父様に声を掛けられてしまったのだ。

「その男は誰だ?」

険しい顔で睨まれて、返事に戸惑っていると、卿が代わって答えてくれた。

「リカルド・トルバーグと申します。アメリア様からの依頼でエスコートをさせていただいております」

「トルバーグ家の子息か」

同じ侯爵家だというのに、お父様は失礼なほど卿をジロジロと見た。

「リカルドというと次男だな。娘と付き合うつもりがあるのなら我が家に挨拶すべきではないのか？」

「美しいお嬢さんのお相手ができるのは光栄ですが、彼女にとっても私にとってもこれは仕事です」

「美しい、か。結婚前に男をたらしこむような恥知らずにはならぬようにな」

「お父様」

「クレゼール侯爵。彼女は素晴らしい淑女ですよ」

トルバーグ卿は不快そうに顔を歪ませ、守るように肩を抱いてくれた。

お父様は肩の手を睨み、そのまま去っていった。

「……すみません、父が失礼な態度を」

「いや、殿下から聞いておりましたから。確かに、お守りする必要があるようですね。あちらの者達についても」

あちらの者達？

促されて視線を向けると、父が向かった先にいたエイダとエリオットがこちらを見ていた。

「あまりよくない目をしています」

こちらが見ていることに気づくと、三人は背を向けて去っていったけれど、確かによくない目を向けられていた。

「行きましょう」

トルバーグ卿に促され、私は彼等に背を向けた。

今の幸せの中に一滴だけ落ちた黒い染み。それが血は繋がっていなくても家族である彼等なのが悲しかった。

ただ、トルバーグ卿とダンスを踊った後はそんなことを忘れるくらい令嬢達の視線が凄かったので、友人になったお姉様達にアメリア様の紹介だ、付き合ってはいないと皆に説明をお願いした。

「これを機会に付き合えばよろしいのに」

と言われても、苦笑いするしかない。

「来月には婚約を発表しますので、それまで我慢してください」

トルバーグ卿もそう言って苦笑していた。

でもフェルナン様に言って、パーティに出るのは暫く控えさせてもらおうと思った。

顔を売るためなら、養子先が決まってからの方が問題が少ないだろうから。

フェルナン様が私の意見に賛同してくれて、暫くパーティへの出席は控えることになった。リカルドの顔の良さを甘く見ていた、とボヤいていたけど。

けれど、今日はフルドレスアップだ。

隣国の王子が親善大使として来訪する歓迎のパーティ。

王城で開かれる王家主催のパーティは上位貴族ならば出席は必須。人前に出るのを控えていても、これには出席しなくては。

私は淡いレモンイエローのドレスに身を包み、トルバーグ卿の腕を取って出席した。

役割があるわけではないので、その他大勢の立ち位置のはずなのだけれど、アメリアの侍女として彼女の側にいるのと、エスコート役がイケメンのトルバーグ卿であることで、空気のようにとはいかなかった。

「これは美しいお嬢さんですね」

と、隣国の王子に声を掛けられてしまった。

何と答えるべきか迷っていると、隣でトルバーグ卿が代わって答えてくれた。

「ありがとうございます。婚約が近いので殿下に褒められるのは光栄です」

「そうか、それは出遅れてしまったな」

社交辞令だとわかっているけど、王子様に微笑まれるのは誰であっても緊張する。

「あんな嘘をついてもよろしかったのですか？」

王子が去ってからトルバーグ卿に言うと、彼は悪戯っぽく笑った。

「誰と誰が婚約する、とは言ってませんから嘘ではありません。事実私は近々婚約しますしね」

なるほど。

アメリアがアレウスと共に挨拶回りに出ると、私達は人の群れから離れた。

遠くに、カデッツ公爵の姿を見かけた。社交嫌いでもやはり王家主催のパーティには出席するのね。

ただ、使節団との挨拶が終わると早々に退室してしまったけれど。

もう一度会って、ゆっくり話をしたいな。

自分が幸せだと思うのはユリアーナが人生を譲ってくれたからだもの。彼女の唯一の心残りを何とか解消したい。

地位も何もいらないのだと、ただ娘だと認めて抱き締めて欲しいだけだとわかってもらいたい。

フェルナン様と婚約を発表したら、地位狙いだと疑われずに話を聞いてもらえるかしら？　それとも、あまり仲がよくなさそうなフェルナン様の婚約者では却って距離を置かれてしまうかしら？

「トルバーグ卿、フェルナン殿下がお呼びです」

「やれやれ。王子にどんなちょっかいを掛けられたのかを知りたいのですよ、きっと。すぐに戻りますのでここから動かないでください。ダンスの誘いも、まだパートナーが踊っていないからと断ってください」

「はい」

苦笑しながら、トルバーグ卿は使いの方と一緒に人の輪に向かっていった。

すると入れ替わるように、目の前に人が立った。

顔を上げると、お父様が立っていた。

「お父様……？」

「来なさい」

何の説明もなく、突然腕を捕まれて引っ張られる。

「あの、どちらへ？」

「いいから来い」

腕を取られたまま、強引に広間から引きずり出されてしまう。

もしかして、トルバーグ卿がいなくなるのを待っていたの？　まさかさっきのお使いの人はお父様が仕込んだ人？

「どこへ行くのですか？」

「黙ってついてくればいい。婚約もせずに男にベタベタするところは母親そっくりだ。私のような不幸な男はもう作らせない」

「何をおっしゃってるんです？」

「お前のような女を嫁がせるわけにはいかない。相手が誰であろうとな」

引きずられるように連れていかれたのは、休憩用に用意されている小部屋の並ぶ通路だった。中でも高位貴族だけが立ち入れる奥まった場所だ。

お父様は扉を開けると、私を中へ突き飛ばした。

「好きにするがいい」

一言だけ言って扉を閉じる。

その一言は、私に向けての言葉ではなかった。

「まさか本気だったとはね」

声に振り向くと、エリオットがにやにやしながら座っていた椅子から立ち上がった。

「どうしてあなたが……。エイダは？」

「エイダはいないよ。二人きりだ」

近づいて来る彼が怖くて、扉に身を寄せたけれど腕を掴まれてしまった。

「離して」

振り払おうとしたのに、手は離れなかった。

「綺麗になったな。赤い痕も消えて。あの頃こうなるとわかっていたら乗り換えたりしなかったのに」

「あなたはエイダの婚約者でしょう。私と二人きりになるのは醜聞になるわよ？」

「醜聞？　何も知らされずに来たのか」

「聞かされるって、何を？」

エリオットは下卑た笑みを浮かべた。その顔にゾクリと鳥肌が立つ。

彼はこんな人だったかしら。優しくはなかったけれど、もっと貴族の令息然としていたはずなのに。

「クレゼール侯爵から、君の味見を許可されたのだよ」

「味見……？」

「男を漁る(あさる)ふしだらな娘を抱いてもいいという許可だ」

「な……んですって？」

「結婚はエイダとする。侯爵家に婿入りしなくてはならないからね。だがそのために君を汚せと言われたんだ。エイダと僕に侯爵家を継がせるつもりだが、長子である君が婿をとったら反対されるかもしれない。だから君が誰とも結婚などできないようにしろ、と言われたんだ」

まさか……。

そこまでユリアーナが憎かったの？

「お父様は弟のノートンに跡を継がせるつもりよ」

「かもしれないが、ノートンが成人する前に僕が跡を継いでしまえばいい。エイダも協力してくれるそうだ。だから心配しなくてもいい。君の具合がよければ、愛人としてやってもいいぞ？」

「くだらないことを言わないで！　私はアメリア様の侍女になるのよ」

「身持ちの悪い女を王子妃の侍女にはできないだろう」

「あなただって、女性を襲った罪を被るわ」

「僕は君を堪能した後にここを去る。見つけるのは君の父親で、王城で淫らなことをしていたと糾弾するんだ。そして家へ連れて帰るという算段さ。王子妃の侍女ならそれなりの地位だと思うのに、クレゼール侯爵は君をエイダより下に置きたいんだろうね。いや、不幸になるのを望んでいるのかな？」

お父様……。

「何にせよ、僕にとっては手放したことを惜しんだ君を手に入れられるのだから不足はない。ああ、初めてでなくともいいよ、どうせ妻にするわけではないんだから」

エリオットは摑んでいた腕を引いた。

強い力に抗えず、彼の胸に抱かれる。

「いやっ！」

手で押し退けようとしたけれど、男の人の力には敵わない。

私が広間からいなくなったことは、トルバーグ卿がすぐに気づくだろう。でもこの部屋にいることはわからない。

元々休憩用の小部屋は逢瀬や貴人の休息に使われるため、人の気配がない。用事があればベルで使用人を呼ぶのだ。声を上げても誰も気づいてはくれないだろう。

「抵抗する女を抱くのも悪くはないな」

ゾッとするようなことを言いながら、彼が私の首に唇を落とした。

フェルナン様の時には心地良ささえ感じたのに、相手が違うと嫌悪しか覚えない。

「やめて！」

後ずさってもそのまま押し切られ、壁に背が当たる。

舌が、首筋をぺろりと舐めた。

「ひっ！」

「そう嫌がるなよ。僕達は婚約してたんだよ？」

ドレスのスカートを摑まれ、たくし上げられる。

夜会用にたっぷりと布地を使ったスカートは、すぐに捲り上げることはできなかった。

けれど布越しに動く手の感触が気持ち悪い。

「あなたとは婚約解消したのよ！」

「だからひとときのお相手だ。父親に見限られた君には、残念ながら容姿以外の魅力はないからね」

こんな……人だったの？

お父様やお義母様やエイダが私を蔑ろにしているから、どう扱ってもいいと思うようになったの？

布の多いドレスのスカートを操れなかった彼の手が、胸に伸びてきた時、私は疑問が確信に変わった。

そうなのだ。

彼にとって私は、『何をしてもいい女』でしかないのだ。

「やめてっ！」

およそ貴族の令嬢ならばしないであろうが、前世の知識が私を奮い立たせた。

痴漢や暴漢のいいなりになんてならない。こんなこと、フェルナン様以外の人にされたくない。

私はエリオットの向こう脛（ずね）を蹴り上げた。ネット情報で、痴漢には相手の目を見てここを蹴るのが一番だと書いてあったので。

「がっ！」

けれど蹴りが浅かったのか肩を掴まれてしまう。

「き……貴様！」

最後の手段よ。

「あなたが悪いのよ！」

叫んで急所に思いっきり膝蹴りを食らわせた。

「ギャッ！」

悲鳴を上げてエリオットが蹲る。

その隙を突いて、私は逃げ出した。

「ま……、待て……」

人を傷つけたのは初めてだった。

でもそんなこと言っていられる余裕はない。ここから逃げ出さなければ襲われてしまう。

足を掴もうと伸びてくる彼の手を飛び越えてドアから飛び出す。

靴のヒールを掴まれたのか、右の靴が脱げてしまったけど、振り向かず走った。

お父様に連れられて来たけれど、ここはどこ？　どっちへ行けばいいの？　とにかくエリオットから離れないと。

視界が涙で揺れる。そのせいで前が見えなくて、突然現れた黒い影にぶつかってしまった。

「きゃっ！」

倒れる、と思ったのにその前に腕を掴まれ支えられた。

「ここから先は……」

低く咎めるような声。

顔を見上げる。

フェルナン様！

私は彼に抱き着いてわっと泣き出した。

「フェルナン様……！」

腕が肩を抱き、開けたままだった扉の中に招き入れられても、しがみついたまま泣き続けた。この人の腕の中では泣いてもいいのだ、と。

でも彼は私の肩を摑んでグイッと身体を離させた。

「フェルナンではない」

……え？　驚いて顔を上げると、よく似ているけれど彼ではない。

「カデッツ公爵様……」

顔を顰め、睨むような視線を向けられたけれどハンカチは差し出してくれた。

『迷惑をかけてはいけない、心配させてはいけない』

頭の中に、有理だった時の思考が蘇る。

「大変失礼を致しました……」

　ハンカチを受け取り、すぐに涙を拭う。

　大丈夫、どんなに辛くても、痛くても、私は笑うことができる。

「何があった。……いや、誰にされたと訊くべきか」

「どうぞ、お忘れください。ハンカチ、ありがとうございます。後程洗ってお返し……」

「手がまだ震えている」

　取られた私の手は、確かに小刻みに震えていた。

「城内でこのような不埒な真似をする者を放っておくことはできない。ドレスは着ているのだし名誉は守られるだろう。犯人を……」

　淡々と話していた公爵は、突然私の肩を掴むと一点を凝視していた。

　エリオットに掴まれたせいで、襟元が破れて左の肩が露になっていたのね。気づかなかった。気づいてしまうと、また恐怖に身体が震えた。

　だから公爵の手が肩に触れると、思わず身を引いてしまった。彼が何かをするはずがないのに。

「これは……」

「あの……、離してください」

　公爵はすぐに手を離してくれ、そのまま着ていた上着を脱いで私の肩に掛けた。

気遣ってくれたのかと思ったが、更に彼は下に着ていたシャツのボタンを外して前を開けた。

「公爵様……？」

まさか、と思って数歩引いた私の前で、彼は自分の左肩を露にした。

「これは私の母の肩にもあった」

見せられたのは、肩の少し下に並ぶ三つの星形のホクロ。

「失礼する」

掛けてくれたばかりの上着を取って、ドレスの破れた箇所を更に落とされる。

けれどもうその手に怯えることはなかった。

だって、公爵の目には驚きと慈愛があったから。彼の肩にあるホクロが何を意味するかがわかったから。

以前、フェルナン様が珍しいと言ったホクロが私の肩にはある。公爵と同じ三つ並んだ星形のホクロが。

描かれたものではないと確かめるように指がホクロを擦る。もちろん、描いたものなんかではない。

今の今まで、私はそのホクロを特に意識したこともなかった。お母様の肩にはなかったものだったから、遺伝したものだとは思っていなかったのだ。

「ユリアーナ……。お前は本当にルティーナの娘……、私の娘なのか？」

フェルナナン様と同じ青い瞳が揺れている。

ああ、彼は自分と同じホクロを見て、信じてくれたのだ。

「母は、そう言っていました。殿下がクレゼール家に婿入りすることはできないので、諦めたのだと」

聞いてくれる。

前回会った時には話せなかったことを、今度は真っすぐに目を見て聞いてくれている。

「一度だけ身を任せて全てを忘れるつもりだったのに子供を授かってしまったけれど、殿下のお立場を考えると伝えられなかったと」

ユリアーナは、亡くなる前の母から聞かされていた。

あなたは愛し合った両親から生まれたのよ、と。

王弟殿下が未婚の令嬢に手を出したと知られては殿下の瑕疵になる。王位継承権を持つ殿下はクレゼール家に婿入りはできず、一人娘の自分は嫁入りができない。

自分達の結婚は絶望的だった。

だから泣く泣く別れたが、妊娠していることがわかって父親に結婚は諦めて欲しいと願い出たけれど許されなかった。

そして全てを知りながら婿入りをしてくれる遠縁の今の父と結婚させられたのだ。

父は、美しい本家の娘である母を愛していた。けれど同時に憎んでもいた。母は父と『夫婦』になることを拒んだから。

それも条件だったのに結婚するほど、愛していたのに母は亡くなった。

残されたのは愛した女性が他の男との間に産んだ娘。憎まないわけがない。

父が義母という愛人を作ったのは当然だ。自分の娘であるエイダや息子のノートンを可愛がるのも当然だ。

だからユリアーナは堪えていた。

愛し合った二人の子供だというなら、いつかきっと父親が迎えに来てくれるのではないかと期待して。

けれど、迎えに来る者は誰もいなかった。

病気で苦しむ中、彼女は絶望し、怒っていた。

『親が一番最低。お母様は本当のお父様に私のことを告げてもくれなかった。本当のお父様は私のことなど知りもしない。お父様もお義母様も、いくら受け入れられないからって苛めるなんて人として最悪。次に生まれる時は、ちゃんと両親に愛される子供に生まれたいわ！』

涙を流して。

彼女の望みは叶っただろうか？

私はユリアーナの気持ちは口にせず、亡くなった母の気持ちと事実だけを伝えた。

話しながら、遠くから何かの物音が近づいて来る音が聞こえたような気がする。それは結末が近づいて来る足音のように思えた。

ちゃんと話ができた今なら、聞きたかった答えが訊けるかもしれない。

「クレゼール侯爵は私の父親が誰なのかは知りません。けれど自分の子供でないことは知っています。だから私の婚約話を自分の娘にすげ替えたり、その元婚約者に私を襲わせる手引きをしたりしたのでしょう」

「何だと？」

「でも、もう終わったことです。忘れてください、私も忘れます」

「何故だ」

「覚えていていいことなんてひとつもないからです。それより、どうか一つだけ教えてください」

「何だ？」

「ご自分に『ユリアーナ』という娘がいると認めてくださいますか？　もっと前に知っていたら、愛してくださいましたか？」

ユリアーナの知りたかった答え。もう彼女に届かなかったとしても、訊いてみたい。

公爵は私を強く抱き締めた。

「愚かな私にその言葉を告げることが許されるなら……、言わせて欲しい。お前は私とルティーナの愛する娘だ」

ああ……。

聞こえた？　ユリアーナ。あなたはちゃんと娘と認められたわ。

愛する娘だって、こんなにも強く抱き締めてもらえたわ。

「今更と言われるだろうが、愛させて欲しい。彼女の分までお前のことを大切にさせて欲しい。彼女が私を捨てたのだと誤解した分も」

大きな公爵の身体にすっぽりと包まれて、私も彼に抱き着いた。

「お母様はずっと公爵様を愛してました。父を拒み続けるほど」

「そうか、そうなのだな。彼女にも許しを乞わなくては。もう彼女に償う術はないが、その分の愛をお前に注ごう。誰にも渡しはしない。何度でも言おう、ユリアーナ、お前を愛しているよ」

「……何をなさってるんです、叔父上」

今まで聞いたことのないフェルナン様の冷たい声が部屋に響く。

空耳かと公爵の腕の中から声の方を見ると、そこには礼装姿のフェルナン様が声と同じく冷たい顔で立っていた。

「その手を離しなさい」

「フェルナン？」

「すぐに！」

鬼気迫る勢いに公爵が腕を解く。

フェルナン様は腰に下げていた剣を抜き、切っ先を公爵に向けた。

「ユーリ、こちらへ」

「お前、何を……」

公爵が驚きに目を見張る。式典用の飾り剣だったけれど、まさか身内が自分に剣を向けるなんて信じられなかったのだろう。私だってそうだ。

さっき、エリオットも突然知らない人のように変貌した。今またフェルナン様も、私の見たこともない表情でこちらを睨んでいる。

拗ねた顔ぐらいなら見たことはある。怒った顔も。

でもそれとは全然違う。まるで蒼白(あおじろ)い炎に包まれたような恐ろしさがある。

「あ……、あの……、フェルナン様」

「来なさい、ユーリ」

人前であるのに私を愛称で呼び、剣を構えたまま私を呼ぶ。

驚き過ぎて動けないでいると、彼がツカツカと歩み寄って私の手を取り引っ張った。

「お前はそんなに私の案を嫌悪するのか。貴族至上主義なのか」

公爵の声に答えず、そのまま私を連れ出そうとする。

「ユリアーナを返せ！」

「『返せ』？　彼女はあなたのものではない！　不埒な真似を働いたあなたが二度とその名を呼ぶな！」

「不埒……」

「その姿で言い訳は聞かない」

フェルナン様の言葉に公爵がシャツをはだけた自分の姿を見て身を固める。

その様子を見てフェルナン様は抜き身の剣をその場に投げ捨てると、私を抱き上げて部屋を出てしまった。

「フェルナン様……」

お姫様抱っこされたまま顔を見上げると、さっきまでの怒りの表情はなく、泣きそうな顔をしていた。前だけを見て、口を引き結んで。

その表情を見たら、何も言えず彼に連れられるに任せることしかできなかった……。

まだパーティは終わっていないだろうに、彼はそのまま私を私室へと運び入れた。

初めて入る彼の私室。

すぐにそれとわかったのは、広い部屋の中に執務用のデスクと豪華な応接セットの両方が置かれていたからだ。

執務室ならデスクだけだろうし、応接室ならデスクは置かれないもの。

フェルナン様は私を抱いたままソファに座ったので、彼の膝の上に座ることになる。

その私を、彼は強く抱き締めて唇にキスを落とした。

「叔父上を殺したい……」

「な！　何をおっしゃってるんです！」

「君を襲ったんだ、当然だろう」

「襲われてなんかいません」

「庇わなくていい。破れたドレスの女性を抱き締める、上着を脱いでシャツをはだけた男。どこにも言い訳のしようがないだろう」

確かに、状況的にはそうかもしれないけど……。

「ドレスを破いたのはカデッツ公爵ではありません。むしろ公爵は助けてくれたのです」

公爵を擁護しようとした言葉だったが、別の火種を投下してしまった。

「誰だ！」

「え……」

「誰にされた！」

「その……、物騒なことはおっしゃらないでくださいね？　エリオットです」

彼に嘘はつきたくなかったので、そう口にした。

「あの男に付いていったのか？」

「いえ、お父様が……」

「クレゼール侯爵？　彼が手引きをしたのか？」

頭の回転が早い。

そして沸点が低い。

彼からまた怒りの炎が巻き上がっている。

「そういうことか。二人共許せないな。潰そう」

「フェルナン様！」

「叔父上は、助けたはいいが乱れたその姿に欲情したのか」

「違います」

「ユーリ」

説明しようとした口をまた唇で塞がれる。

「下準備なんて、もうどうでもいい。もう我慢できない。ユーリは私のものだ」

そう言って、彼は更に強く抱き締めた。

「君が広間から姿を消したとわかって、侍従から侯爵に連れていかれたと聞いた時に嫌な予感はしたんだ。だから休憩室を片っ端から確かめた。途中でエリオットがぐったりしている姿も見かけたが、あの時あの男を潰すべきだった」

あの時、遠くから近づいて来る物音は、部屋の扉を開け回っていた音だったのかしら。

あの部屋に突然現れたのは偶然ではなく、捜し回ってくれたからだったのね。

「やっと見つけたと思ったら、叔父上に愛を囁かれて抱かれていたなんて……」

ポスン、と彼の頭が私の肩に載る。

そこで破れたドレスの襟に改めて気づいたのか、そっと肩を撫でた。

「相手が君の父親だろうと、他の男だろうと、たとえ叔父上だろうと渡さない」

「……どうしてそんなに求めてくれるんですか？　妹みたいだから？　異世界の知識があるから？」

私の言葉に彼はガバッと顔を上げて瞳を覗き込んだ。

「愛してるって言ったよね？」

「だから……、どうして私なんかを」

ずっと確かめたかった。

だって出会ってから今まで、私は彼に何もしてあげていないのにこんなにも熱烈に愛を捧げてくれる理由がわからなかった。

優しくて、頼れて、素敵なフェルナン様を男性として意識しているけど、彼の気持ちを信じきれなかった。

愛情を受けられないと思っていたユリアーナの気持ちがどこかに残っているのかもとも考えたけれど、それだけじゃない。

愛されたかったから、愛される理由を知りたかった。家族以外に愛されることがなかったから。

彼は暫く黙ったままこちらを見つめていたが、ゆるゆると口を開いた。

「ユーリだけが私を王太子としてではなくただのフェルナンとして見ていた。それが心地よくて、妹のように思った。いつかは誰かと結婚しなくてはならないのなら、侯爵令嬢は地位的にも問題はないとも思ったしね」

「地位……」

「だがそれは最初の頃だけだ」

彼は慌てて続けた。

「君が前世の知識を持っていることは確かに有益だ。でもそれなら侍女として側に置くだけでもいいだろう？　結婚だってすぐに整えてしまえばいい。私にはその力がある。でも私は君にも好きになって欲しいと思っている。人を憎むことなく、一人で何でもやろうとする、我慢することが当然だと思ってる。こんなに可愛いのに芯がとても強い。きっと、前世で長い闘病生活を送ってきたからだろうね。自分の美醜にもこだわらず、物欲もなく、恥じらいもあって。好きにならない理由が一つもなかった」

話している間にも、彼は抱き締めた腕を緩めてはくれなかった。まるで緩めたら私がどこかへいってしまうとでもいうように。

「君が私に向ける気持ちが尊敬や兄に抱くようなものであっても構わない。側にいて、いつかは男として愛されるようにしてみせる。そのために優しくして、甘やかして、我慢していた。でももう限界だ。たとえ君が私に恋情を抱いてなくても、抑制の利かない王子と謗られても、他の男に取られる前に君を私のものにする」

宣言と同時に、彼は私を抱いたまま立ち上がった。

落ちる、と思ってしっかりと彼の首に手を回すと、やっと彼は微笑んだ。

「嫌だったら、泣き叫んで。それくらいしてくれないと、放してあげられない。たとえ君が心から望んでいなかったとしても」

微笑んだ顔が泣きそうにくしゃりと歪む。

「ごめんね。自分がこんなに我が儘だとは知らなかった」

その一言で、彼が自分と同じように『我慢』してきたのだと知った。王太子としていつも自分を律してきたのだろう。自分の周囲の人間が自分のために動いていると知っているから、我が儘は言ってはいけない。他の人に迷惑をかけてはいけない、と。

その彼が、今『我が儘』と言った。

私を求める気持ちがそれなのだと。

抱き上げられたまま、続きの部屋へ移動する。

そこには大きなベッドが置かれていた。

女性が寝室に連れ込まれることがどういう意味かわかっていたけど、私は泣き喚いたりしなかった。

いつも皆の手本であろうとする人が、結婚前の女性を寝室へ連れ込むという貴族の礼節を欠くことをしている。

私だけを望んで。

「怖い？　二人の男に襲われた後にすることじゃないね」

自嘲気味に言って、ベッドに座る。

「……怖かったです。エリオットに襲われた時は。絶対に嫌って思って……、急所を蹴り上げて逃げました」

「急所を？　それは……」

男として何か感じたのか、声に驚きと同情が含まれていると感じたのは気のせいではないだろう。

「逃げ出して……、公爵とぶつかって、部屋に入れていただきました。カデッツ公爵を好きかと尋ねられましたね。ユリアーナはカデッツ公爵が好きです」

　腰を抱いていた手がピクリと震える。

「有理ではなく、ユリアーナはずっとあの方が迎えに来るのを待っていました」

　名前の違いに気づいて、手が緩む。

「『ユリアーナ』嬢が？　どこかで出会っていたのか？」

「いいえ。会いたいと願っていたんです。あの方がユリアーナの本当の父親だから」

「え？　どういうことだ？」

　全ての感情が消え、彼が呆気に取られた顔をする。

「母は結婚前に公爵の恋人だったんです。あの時、公爵は破られたドレスから見えたホクロを見てそれを認めてくれたのです。そしてご自分の身体にも同じホクロがあると見せてくれていたんです」

「だからシャツをはだけていた、と？」

「はい。そして娘として愛していると言ってくれたんです。それはユリアーナの悲願でした。愛されたいと、望まれていたと思いたいと願っていた彼女の」

「だから叔父上に会いたいと言っていたのか。だが前にも会っていたよね？　どうして叔父上はその時にすぐ公表しなかったんだ？」

「前の時にはそんなわけはないと拒まれましたが、ホクロを見て受け入れてくれたみたいです。それに、母と公爵様の関係は婚前のことで、公爵様も知らなかったみたいです」

「クレゼール家の直系は君の母の方だったな。当時の王弟では婿入りはできない。侯爵はそのことを知っていて結婚したのか？　だから父親でありながら君を冷遇した？」

流石フェルナン様だわ。一を聞いて十を知る方なのね。

「それで、あの……。ユリアーナの願いはカデッツ公爵に認められて愛されることでしたから、愛してると言われてとても嬉しかったです。彼女の望みが叶えられて。カデッツ公爵とのことはそういうことです」

フェルナン様には誤解されたくなくて、正直に話した。

「……嬉しい、か。ではユーリの願いは何だい？　叔父上に愛されることではなかったんだろう？」

「私の願いは……。す……、好きな人にちゃんと私を見て私を愛して欲しいです。誰もが私をユリアーナとして見るけど、私は水原有理なわけですし、侯爵令嬢でもなくて、病室の中のことしか知らなくて……。そんな私でも女性として見てもらいたいと……」

「ふぅん」

気のない返事。

愛してると言ってくれたのは、公爵というライバルがいたからかしら？　それがライバルでないとわかったら興味がなくなってしまったのかしら？

「私の願いはね、誰にでも平等でいなければならない立場だからこそ、私だけの愛する人が欲しい。私の重たい愛情を受け止めてくれる人が欲しい、だよ」

彼の手が、頬に触れる。

「私は君が侯爵令嬢でなくても、叔父の娘でなくても、今目の前にいる君が好きだ。女性として愛している」

近づく顔。鼻先が触れる。

「ユーリ、君にはその覚悟がある？　私の愛情の全てを受け入れる覚悟が」

「私……、自分が触れて、愛を伝えてもいい人が欲しいと思ってました」

どんなに愛していても、家族にさえ触れてはいけなかった。抱き締めて『大好きよ』と伝えることもできなかった。

「今この状況でそのセリフを口にするとどうなるかわかっていて言ってる？」

「これでも前世と合わせると結構な年です……」

「中身は少女だけどね」

「そんなことないです。キスだって、その先だって知ってます。……知識だけですけど」

「キスを教えたのは私だね？」

笑いながら、彼が唇を重ねる。

「……はい」

顔が熱い。

「その先を教えるのも、私でいい？」

「フェルナン様でなければ嫌です。エリオットに触られた時にそう思いました」

「触られた？　どこを？」

甘い声が一気に冷たくなり、私の顔の熱も消える。

「肩、肩です」

「叔父上も君の肩に触れてたね」

「公爵はお父様で……」

「ユリアーナの父親でもユーリの父ではないよね」

「それはそうですけど……」

「私はユリアーナではなくユーリを愛してるんだから、ユーリが他の男に触れられたと聞いたら正気ではいられないな」

彼の唇が肩に触れる。

「ひゃっ」

冷たい感触に変な声が出てしまう。

「肩に触れられただけ？　他には？　キスされたりしなかった？」

「されてません！」

「他には？　隠し事をしても後でエリオットを締め上げるからちゃんとわかるよ？」

きっと本当にするんだろう。さっき潰すと言っていたし。

「ス、スカートを捲られそうに……。でも、長いし立ったままだから捲れなくて……」

「こんなふうに？」

彼の手がスカートを捲る。

立ったままだと長くて捲れなかったスカートが、座っているから簡単に捲り上げられてしまう。

膝までなら捲られても気にはならないけど、指先が触れると焦ってしまう。

「ああ、このホクロだね。叔父上にこんなのがあるなんて知らなかったな。知っていればもっと早くに気づいてあげられたのに」

肩より少し下のホクロのある場所に口づけされる。

「逃げないの？」

「逃げて欲しいですか？」

「……逃げないで欲しいけど、逃げないと君を手に入れてしまうよ？」

答える代わりに、私は自分から彼に抱き着いた。

「ユーリ？」

あ、誰かを抱き締めるってこんな感じなんだ。

腕の中に感じる存在感。思いっきり力を込めるとしっかりそれを感じる。

「私、抱き上げられたり負ぶわれたことはあるんです」

「……病人を運ぶ、という意味でだね？」

微妙な彼の声の変化に気づかず、続ける。

「はい。でも身体を支えるという意味以外で人に抱き着いたことはないんです。ずっと、好きだから抱き合うということをしてみたかった」

お父さんやお母さん、弟妹達。きっとぎゅっと抱き締めたら自分が彼等をどれだけ好きで、感謝してるかわかるんだろうな、と思っていた。でも退院した時でさえ、触れることはできても抱き合うことは許されなかった。私の身体が脆かったので。

「君が悪い」

彼が私を抱き締めたままベッドへ押し倒す。

唇が重なり、背中にあった手がボタンを外し、リボンを解く。

フェルナン様が思うより、私はずっと大人だと思う。

経験は一つもないけれど、知識はあると言ったでしょう？　それを恥ずかしいとかはしたないという羞恥心は持っている。

でもね、それに焦がれなかったわけじゃない。

手を握ることとさえ夢で、抱き合うことは憧れだった。でも誰かに乞われるほどに抱き締めて欲しいと考えたことはあるの。

「私……、もう壊れないの……」

男の人と愛し合って結ばれることなんてないと諦めていただけなの。

「どんなに乱暴に扱われても、咳も出ないし、目眩をおこすこともないの。病気を感染されるかもしれないからと他人に触れられないということもない」

ユリアーナとしてここで生きていても、親に認められない貴族の娘に愛し合った結婚など望めないと思っていた。私はユリアーナだから、もう有理として愛を得ることはない。

だから彼女の愛を叶えることだけが目的だった。家族への愛を。

「好きな人に、どんなふうに扱われても平気なの。それが嬉しい」

フェルナン様が好きと言ってくれても、愛してると言ってくれても、自分の中に男性に対する気持ちが生まれても、この恋はきっと叶わずに終わると思っていた。

あなたにはもっと素敵な人が現れるだろう。

あなたは必要ならば、もっと有益な女性を選ぶだろう。

だから信じなかった。信じないようにしていた。

でも、今は信じられる。あなたが私を女の人として愛してくれてることを。

「乱暴にするつもりはないが、そんな言葉を聞くと益々抑えがきかなくなるな」

完璧な王子様が、我慢できないと言って私に触れてくれるから。

それくらい好きなんだって伝わったから。

キスをする。

舌がからまるようなキスを。

感染症がとか、呼吸がとか、不安に思うことなどない。

むしろ熱い舌に蕩けてしまいそう。

背中の戒めが解かれると、ドレスが襟元から引き下ろされる。

でもその手はエリオットの乱暴なものとは違い、ゆっくりと優しく脱がせてゆく。

ビスチェが向きだしになると、その上から手がそっと胸の膨らみに触れた。

それだけのことなのに、身体に痺れが走る。胸なんて、何度も検診の時に触れられていたはずなのに。

健康な今の身体には膨らみがあった。入院していた時にはガリガリで洗濯板みたいだったのに。

大きな手のひらに膨らみが包まれ、柔らかな感触を味わうように動く。

恥ずかしさもあったけれど、彼に女性を感じさせられる身体になったことに安堵した。

「本当に怖くないか?」

「……フェルナン様なら」

手は形を確かめながら先端を探し当てた。

布の上から軽く摘まれて、ビクリと身体が撥ねる。

それを無視して指は摘まんだ箇所をぐりぐりと弄ぶ。

「ふ……ぁ……っ」

私が声を上げると、手は胸から離れた。

嫌だから声を上げたのじゃないの、気持ちよくて声が出てしまったの。恥ずかしくてその気持ちを口に出すのが遅れると、手は別の動作に移った。

ドレスを脱がす、という作業に。

「あ……」

絹のドレスはするするっと腰を抜け、ベッドに半分座ったままでいた足元に落ちる。

ビスチェとペチコートだけの姿。いくらレースやフリルで飾られていても、それが下着だと思うと恥ずかしさが増す。

診察の時にはお医者さんの前で平気でパジャマを脱いでいたのに。

「脚には触られた?」

誰に、なのかは言わなかったけれどエリオットのことを言ってるのだとわかった。

「少し……」

「ふぅん」

不満げな声。

「あ！」

フェルナン様は私の足首を取ると、軽く持ち上げてベッドの上に乗せた。

ペチコートの中が見えたかしら？　でもドロワーズを着けてるから大丈夫よね？

そう思ったら、手がペチコートの中に滑り込んでその紐を解く。

「フェルナン様……！」

「これは不埒者に対してはよい砦となっていたようだが、私には必要ないな」

紐を解かれたドロワーズは簡単に引き抜かれ、それもまたベッドの下へ落とされた。

ちょっと待って。これってノーパン状態？　いくら病院慣れしてると言ってもノーパンにはなったことがないわ！

狼狽える私の前で、彼は上着を脱いだ。

薄いシャツ姿になり、窮屈だといわんばかりに胸元のボタンを外す。

いつもキチッと身なりを整えている彼のラフな姿に胸が高鳴る。

男の人なんだ。

人形のような、物語のような王子様じゃない。フェルナン様は、男の人なんだ。

彼は私の足首を掴んで持ち上げ、ストッキングを取るとそこにキスした。

「あ……」

思ってもいなかった場所に感じる柔らかい感触。

キスは向こう脛に移動する。

「ここには触られた？」

答えないと、キスが移動する。

「ここ？」

ふくら脛にもキス。

「違います……」

「もっと上？」

「だめっ！」

下着を脱がされているのにそれより上に行かれたら……。

私は真っ赤になってペチコートを押さえた。

でも彼は止まらなくて、膝に、更に太ももにキスされる。

「そこです！　それより上には触られてませんっ！」

必死になって言うと、彼は脚を離してくれた。でもキスは止まらない。

「見られたわけではないんだね？」

「見られていません……。立ったままスカートを捲られただけです。というか、捲ろうとしたけど布が多すぎて捲れなかったんです。その時ちょっと手が触れただけです」

「そうか」

「だからキスはもう……っ」

「手で触れるよりキスされる方が扇情的だろう？　こんなことをするのは私だけだ」

「誰にもさせませんっ！」

押さえたペチコートがキスに負けてずりあがってゆく。露になる太股に彼の顔が埋まるのが見える。

押し付けるのではなく軽く触れるだけのキスが何度も繰り返され、くすぐったい。というかゾクゾクする。

キスの度に力が抜け、ペチコートを押さえる手が緩む。

終にキスは脚の付け根にまでたどり着いてしまった。

人に触れられることのない場所にされるキス。

「あ……」

そこまで来たらもう大事な場所は見られているかもしれない。

「や……っ！」

見られるどころではなかった。手がするりと入り込み、ソコに触れたのだ。

「待って……、そんな……」

柔らかい肉を指が探る。

閉じた場所を開いてゆく。

スッと撫でられ、応えるように自分がヒクつくのがわかった。何度も撫でられているうちにソコが濡れてることに気づく。

いつの間にか、開かれた脚の間に彼の身体があった。

感覚に翻弄され、力を奪われ、彼にされるがままになる。

濡れた場所を指で撫でられている間にペチコートを押さえている手も外れてしまった。

キスは指と同じ場所まで来ると、指が撫でる場所の上の突起に触れた。

「あ……っ！」

触れた唇から伸びる舌が穿（ほじ）るように突起を舐める。

頭の中が真っ白けになるほどの快感がパアッと全身に広がる。

「だめ……っ、そんなとこ……。あぁ……」

力が抜ける。

麻酔にかかったみたいに身体のコントロールができない。

全身に張り巡らされた神経の全てが疼（うず）いてゆく。

その中で、舐められてる場所だけが敏感になってゆく。

舌の、ぬめるような動き。硬くした先が小さな粒を転がす。

深く息を吸いたいのに、呼吸の途中で快感に吞（の）まれて息が止まるから浅くしか息が吸えない。

指は、少しだけ濡れた場所の中に入った。

「……ック」

鯉の口みたいに、ソコが指先を咥える。でも締め付けるほどの力もないし、それほど奥にいるわけではないから、まるでしゃぶってるみたい。

「ふ……っ、ん……っ」

酩酊して意識がそれに集中していると、突然愛撫が止まった。

指も舌も、ソコから離れて彼が身体を起こす。

視界に入ったフェルナン様の顔。

「とても色っぽいよ、ユーリ」

パーティのために結い上げていた髪はもう解けてベッドに広がっていた。その一房をとって、彼が口づける。

私を見下ろしながら、今度は胸に手が伸びる。

前開きのビスチェは縦に襞を寄せ、襟元にレース、腰回りにフリルの付いた可愛らしいものだった。

平たいくるみボタンが上から一つずつ弾くように外されると、胸が楽になる。

私があまり体力がないうえ、細っこいのでコルセットは着けていなかった。なのでボタンが外されると肌が露出する。

「……胸はあまりないの。ごめんなさい」

私が言うと、彼は一瞬驚いた顔をしてから破顔した。

「ユーリの胸だというだけで魅力的だよ」

手がするりと中に入る。

直に触れる掌は熱を持った私の身体よりもほんの少し熱かった。

男の人の方が体温が高いせいか、彼もまた熱を帯びているのか。

「柔らかいね」

触診でお医者さんにも直に胸に触れられたことはある。でもさっきと同じように、『違う』と感じる。

仰向けだから横に流れた乳房を元に戻すように掴まれる。

彼の顔が近づいて額にキスされた。

手が動くと、前がはだける。

彼が倒れてきて身体が重なる。

はだけたビスチェから零れた、手に掴まれていない方の乳房にキスされる。

「本当は痕を残したいのだけれどね」

痕？　キスマーク？

「見えないところなら大丈夫なのかな？」

胸を掴んでいる手が、胸の先を捕らえる。

「……侍女に湯浴みを手伝ってもらえばバレてしまうか」

お風呂は一人で入ってるけど、それは口にしなかった。

身体に痕を残されては困ってしまうから。私はいいけど、彼が結婚前に触れたと知られたら立場が悪くなるのではないかと心配になったので。

「あ……」

下を舐められた時ほど刺激的ではないけれど、乳首を弄られると身体の内側からじくじくとした快感が身を焼く。

焦れったい。

そんな気持ちが生まれてしまう。

親指と人差し指で、芯を捕らえて捩る。

キスを落とした方にも舌が伸びる。

口に含むのではなく、まるで子猫がミルクを舐めるように舌先だけで転がす。

「あ……、や……っ」

堪らなくなって、彼に手を伸ばす。

「抱き着いていいよ」

胸元から声がする。

「私の方こそ、壊れたりしないからね。爪を立ててもいい。それで痕が残っても、名誉の勲章だ」

伸ばした腕を、彼の背に回す。

力はまだ戻らないから、背のシャツを摑んだ。

「フェル……」

「いいね。その呼び方」

フェルナン様と呼びたいのに、途中で言葉を紡げなくなって途切れた名前に、彼は喜びの声で言った。

「これからは私のことをそう呼ぶといい。ユーリだけの呼び方だ」

私だけの？

「フェル……？」

「そうだ」

「フェル」

硬くなった先を舌が弾く。

「あ……っ！」

下肢にはもう何も触れていないのに、胸を弄られていると舐められたところが疼く。

指先を入れられたところからは何かが溢れてくる。

「あ……ン……ッ」

甘い声が吐息に混じる。

掴まれて、揉まれて、先を摘ままれて、舐められて、吸い付かれて……。胸に受けるさまざまな愛撫が私を蕩けさせてゆく。

溶けて、人の形を保てなくなってしまうのではないかと思うほどに。

彼の愛撫で快感を覚える度に、足先が、脚の奥が、胸が、ピクピクと痙攣する。

目眩がする。

溺れてゆく。

シーツの海に揺蕩って、彼という魚に啄まれている。

「愛してる」

フェルの指が下に伸びる。

捲られたままだったペチコートの中、内股を滑り濡れた場所へ。

入口で少し彷徨った後、今度はその中に差し込まれた。

「あ……」

一本の指が抵抗なく奥へ。

「あぁ……っ、や……」

深く奥へ届いた指を、肉が締め付ける。

そこに筋肉はないのかしら？　ぎゅっと脚を閉じるぐらいに力を込めているのに、中の指の動きを止めることができない。

「ひぁ……」

指は引き抜かれ、抜けきる前にまた奥へ。

「あ……っ」

泣きたいわけではないのに目が潤む。

喘ぎ続けて、唇が乾く。

気づくと、彼は私の顔を見つめていた。

陶酔するような瞳で。

「フェル……、フェル……」

名前を呼ぶと、唇の端が上がる。

笑みと呼ぶには妖艶な表情に胸が締め付けられる。

散々嬲られて、背に回した手が落ちると、彼は指を完全に引き抜いた。

「君を他の者に渡したくない」

他の人のものになんかならないのに、彼は言った。

「私は欲が深い。ユーリを私『だけ』のものにしたい」

「私……フェルの……。あなただけ……」

頭も口も上手く回らなくて言葉が切れ切れに零れる。

「うん、わかっている。それでもやっぱり君を手に入れたい」

「あ」

身体が離れた。

彼がいなくなった場所が急に寒くなって、求める声を出す。

フェルナン様がシャツを脱いで引き締まった裸体を見せる。細いと思っていた身体は思っていたよりも筋肉質で、自分とは違っていた。

ぐったりとしたまま彼を見つめていると、ズボンの前を開ける。

現れたモノが目に入る。それこそ自分とは違うモノだ。

けれど見たのは一瞬で、恥ずかしくて目を逸らしてしまった。

肉塊と呼ぶべきものだったと思う。もちろん見たのは初めてだ。電子書籍の漫画や美術書なんかでぼんやりと修正後のものは見たことがあったけど……。

「ユーリ……」

優しく名が呼ばれて、彼に顎を取られて前を向かされた。上向きで見つめ合うようにされたから、アブナイ場所は見ないで済んだけど。

まばらに額に落ちる乱れた前髪、熱に浮かされた深海の瞳、僅かに上気した頬に浮かぶ色香を纏った笑み。

彼の姿に喜びで胸が締め付けられる。

「して、いいかい？」

ここまで色々してきたのに、まだ戸惑いながら私に問いかけてくれる本当に優しい人。

もし『いや』と言ったらどうするのだろう？

フェルナン様なら、諦めて止めてしまうかもしれない。それは嫌。浅ましいほどあなたを求めてるのだもの。

「……私をフェルのものにして。愛されたい」

私達、似てるね、

ずっと他人の目を気にして、自分は他者に迷惑を掛けないように笑っていなくちゃって思い続けてた。

あなたは特定の誰かを作りたくても作ることを許されなくて。私は求めれば自分の身体を害するから相手を困らせるだけで、望まないようにして。

でも愛されてはいた。

愛されてたのに、愛してはいけなかった。

だから、愛することに飢えていた。

思いっきり愛することを、際限なく愛し尽くすことに飢えていたけど、もういいの。あなたは私を好きにしていい。私はあなたを受け止める。

愛する人を思う存分愛していいの。

「ユーリ」

指が探っていた場所に熱い塊が当たる。

緊張に身体がピクンと震える。

じわりと身体が開かれ、入口が押し広げられる。

「あ……」

入って……、くる。

「ん……ッ」

彼が私の中に入ってくる。

「フェル……、あ……」

「キツ……。深く息をして」

無理。

締め付けてしまうのがわかっていても、さっきあれほど抜けていた力が入ってしまう。

「ユーリ」

繋がったまま、彼が胸を探る。

膨らみに手を添えて、親指で先を嬲る。

「あ、あ、ぁ……」

息を吐く度に彼は進み、違和感を覚えるのに弄られる胸から快感が溢れる。

「や……、ンン……ッ」

中に入ってきた彼がどんどんと深みを目指す。

一気には無理なようで、何度か少し抜いて、また奥へを繰り返す。

抵抗があったのは最初だけで、何度か挑まれるとずるりと奥へ呑み込まされた。

「あ……」

それと同時に緊張していた身体からようやくふにゃりと力が抜ける。

目を向けると、真剣なフェルナン様の顔があった。

もう微笑んではくれなかったけれど、強い眼差し(まなざし)が向けられる。

壊してもいいと言ったのに、まだ何かを我慢しているのかしら？

そんな懸念が過ったが、深く考えることはできなかった。

彼が、身体を揺らすほど突き上げてきたから。

「あぁ……っ！」

奥に、彼の先が当たる。

何度も押し当てられ、しゃくうように動かれて当たりどころが変わる。

やがて身体の中心に何かが芽吹き、蔓(つる)を伸ばす。蔦のようなそれは快感という名を得て全身を搦め捕る。

彼を求めて薄紫の髪に触れた。

その手を取られて掌に口づけられる。

その間も求められ、身体が揺れる。身体が揺れると思考が曖昧になってきて、羞恥心も薄れてゆく。恥ずかしいと思うより、彼が欲しいと欲が生まれる。

「はぁ……、あ……。ン……」

鼻にかかった甘い声。自分にこんな声が出せるなんて知らなかった。

奥が疼く。

もっと突いてと強請ってくる。

快感の蔦が身体の表を多い尽くすと、今度は内側から波が押し寄せた。

疼きと切望。

制御できない悦楽。

薄いガラス板のように、私の理性が震えている。

無数のヒビが入り、今にも砕けてしまいそう。

「ユーリ……、私は君を望む」

掠れた声で彼は言った。

「叔父上のように手放したりしない。何があっても、どんなことをしてでも私の傍らに君を置く」

腰を捕らえる手は、最早同じ体温となっていた。

「だからこれは欲ではなく誓いだ」

言うなり、彼の動きは激しさを増した。

「あ、あ、あ、あ……」

波が押し寄せる。私を呑み込むように。

ガラスにヒビが入り、パキパキと音がする。

「ああ……っ！」

声を上げた次の瞬間、私は波に呑まれ、ガラスは砕け散った。

「フェル……」

ピタリと彼の動きが止まり、軽く身震いすると、内側に注ぎ込まれた何かが溢れてくるのがわかった。

ああ……、そう言う意味なのね。

あなたは性欲で最後を迎えたのではなく、その結果が出てもかまわないと誓って私の中で果てたのね、
嬉しい……。

正しくあれと努めてきたあなたが、婚前の女性を抱くという醜聞を望んだことが。

それを醜聞などと思わずに、私を愛してくれたことが。

「……中が、震えている」

まだ繋がったまま、余韻を味わっているフェルナン様が言った。

「本当に壊してしまいそうだ」

苦笑して、彼が私の髪を撫でる。

「いい……。あなたなら」

「こんな細い身体では辛いだろう?」

「寝込むのは慣れてるから……」

私が微笑うと、中で彼がまた脈打った。

「……それでは、私が責任をもって看病しよう」

そしてまた手が伸びる。

「私だけの愛しい人だからね……」

四散した蔦がまたぞろ蔓を伸ばしたのを感じて、私は彼にこの身を任せた。

自分から愛を望める幸福に酔いしれて。

何度でも愛を受け止めることのできる今の自分に喜んで。

「フェルナン様……」

いた。

難しい顔をしたカデッツ公爵は、並んで座る私とフェルナン様を見て大きなため息をつ

「想像はついていた」

「叔父である私に剣を向け、ユリアーナを連れ去った時点でな」

あの夜。

私は意識を失うまで彼に愛され続けた。

これ以上ない幸福に包まれながら。

そして、思った通り翌日はベッドから起き上がれなかった。

王子の私室に横たわる私の世話をしてくれたのはノースコート夫人だ。

フェルナン様は私が恥ずかしがるだろうと気遣ってくれたけれど、そんなことはない。

他人に世話をされることには慣れていたし、愛する人に愛されたことを恥だとは思っていなかったから。

ただ、私のいないところでフェルナン様は一時間以上お説教をされたらしい。

王太子ともあろう方が忍耐という言葉を知らないのか。結婚前の女性に手を出すなんて、しかも身体の細いユリアーナが起き上がれなくなるほどだなんて、と。

でもフェルナン様もその言葉に恥じ入ることはなかった。

私に向けられた父とエリオットの悪意があったので、どうしても自分のものにしておかなければ安心できなかった。ユリアーナを迎えてから二年もの間我慢はしていた、と説明して。

ノースコート夫人はそれでも怒りが収まらないようだったけれど、『いつか』ではなくすぐにでも結婚したいという彼の覚悟の前には口を噤むしかなかったようだ。

その日のうちにカデッツ公爵から私への面会を求める手紙が届いた。

私はアメリア預かりなので彼女から回ってきたのだが、当然動くことができず、三日後の今日まで待ってもらった。

しかも、私一人だけでと言われていたのにフェルナン様が当然のように付いてきた。

甥の姿を見たカデッツ公爵はあからさまに嫌そうな顔をしたけれど、「私が同席すれば他者を排除できますよ」というフェルナン様の言葉に不承不承同席を許してくれた。

私とカデッツ公爵の関係はフェルナン様以外には知られていない。

公爵と私は互いに未婚の男女なので、第三者の同席か扉を開けたままでの面会になってしまう。

でもフェルナン様が同席すれば、他者を全て排除できる。

これからする会話の内容を考えると、公爵は了承するしかなかったのだろう。

フェルナン様は長椅子の私の隣に座って、当然のように腰を抱いて宣言した。

「ユリアーナと結婚します」

途端に公爵は苦虫を噛み潰したような表情になったというわけだ。

「陛下には報告したのか？」

「父には全て話しました。彼女の本当の父親が誰であるかも。ですから叔父上のためにも軽く締めておきました」

「私のため？」

「王位継承という名で縛って叔父上の恋を握り潰したことです。もっとも、父上はお二人の恋愛を知らなかったそうですが。それでも言い出せない状況を作っていたのは父です」

公爵は是とも否とも言わなかった。

「彼女がクレゼール家で冷遇されていたことはご存じですね？」

「……聞いた。そして調べた。許しがたい」

「同感です。ですから、王命でユリアーナをカデッツ公爵家に養子に出すよう、クレゼール侯爵に申し入れていただくことにしました」

「何だと？」

「え？」

黙って聞いていた私も、思わず驚きの声を上げてしまう。

「カデッツ公爵家には子供がいませんから、養子はおかしなことではないでしょう。侯爵にはアメリア嬢のコンパニオンとしての格を付けるためと説明します。『公爵家の跡取りにはしない』と誓約書を書いてやればいいでしょう。クレゼール侯爵はユリアーナの父が誰であるかは知らないようですし、支度金でも払ってやれば受け入れるはずです」

「……公爵家の跡取りにはしないが、王妃にはする、か」

「嘘は吐いていないでしょう？」

「詭弁だがな」

「叔父上は真面目過ぎるのです。策を弄することは悪いことではありません。私が叔父上だったら、侯爵家の近親に侯爵家を継がせるから娘を追い出せと囁いたでしょうね」

「彼女には侯爵令嬢としての矜持があった」

「矜持より幸福です」

　ムッとした公爵と冷たい笑顔のフェルナン様が見つめ合う。

　ケンカ……、してないよね？

　私が不安な顔をしたのに気づいたのか、フェルナン様が私の手を握ってくれた。公爵は眉を顰めたけど。

「彼女を養女にすれば、ユリアーナの実家はカデッツ公爵家になります。結婚の準備期間や子ができた時の宿下がりは叔父上のところとなるでしょう」

　悪くないでしょ、と続く声が聞こえたのは気のせいだろう。

「養子縁組の書類が整ったら、すぐにユリアーナと私の婚約を発表します。その時になって悔やんでも、王弟と王太子に物申すことはできないでしょう。ユリアーナを迎えてくれますか？」

公爵はムスッとした顔のまま暫く黙っていた。

フェルナン様を睨みつけ、私を見て困った顔になる。

「ユリアーナはそれでいいのか？」

「私はフェルナン様を愛しています。それに、本当のお父様に愛されたいです」

問われたので答えると、公爵は顔を赤く染めた。

「……お父様か」

ポツリと呟いた声はどこか嬉しそうだった。

「いいだろう。その提案を受け入れよう。ただし、養子縁組が調ったら、ユリアーナは我が公爵家へ引き取る」

「それは無理ですね。アメリア嬢のコンパニオンに決まってますから、王城に部屋を取ります」

「婚約を発表するならそんな嘘はいらないだろう。それに結婚準備は私のところでさせるとたった今お前が言っただろう」

「それは結婚式の前一週間程度です」

「王太子の結婚が一週間で準備できるわけがない」

「既に色々とやってますから、お気になさらず」

「その全権を私へ委譲しろ」

「嫌です。ユリアーナは私のものですから」

「私の娘だ」

「私の妻です」

言い争う二人を見ながら、私は笑ってしまった。

私もユリアーナも愛されてるんだわ、と。

これからは、愛する人達に求められて、その愛情に応えることができる。この幸福を与えてくれたユリアーナの願いも叶えることができた。

「お父様、私はフェルナン様と共にお城で暮らします。ですからどうか、お父様ももっと頻繁に登城なさってください。私、いっぱい愛されたいんです。そして愛する人達がみんな仲がいいと嬉しいので」

だからきっとこれから一生幸せでいられるだろう。

微笑みながら私の手を強く握り直す人の隣で……。

あとがき

皆様、初めまして、もしくはお久し振りでございます。火崎勇です。

この度は『転生令嬢の婚約破棄後は王太子殿下と甘くとろける溺愛生活』をお手に取っていただき、ありがとうございます。

イラストの吉崎ヤスミ様、素敵なイラストありがとうございます。担当のN様、色々とありがとうございます。

ここからはネタバレもありますので、お嫌でしたら後で見てくださいね。

さて、このお話、いかがでしたでしょうか。

作中にもありましたが、病弱であるが故、優秀な未来の王であるが故、周囲から愛されていながらも、自分からは全身全霊を欠けて愛することが許されなかった二人が、やっと愛する人に巡り会えた、という感じです。

思いっきり抱き締めても、抱き締められてもいい。立場を気にせず求められ、求めてもいい。なので、これからのユリアーナも、フェルナンも幸せです。

やっと最愛の人は自分を裏切っていなかった、しかも愛娘を残してくれたと知ったカデッツ公爵も、今までの鬱憤を晴らすかのようにユリアーナを可愛がるでしょう。

ということで、ユリアーナを巡って叔父対甥というか、義父対婿の戦いが……。

因みに、クレゼール侯爵家は、直系の子供がいなくなったということで、跡継ぎは分家から迎えるようにと王命が下ります。もちろん、フェルナンの暗躍で。しかも、エリオットとエイダが結婚した後に。ついでにアレウスにもエリオットの所業を伝えて、アレウスの側近候補から外させる。婿入りしても跡継ぎではなく、役職も不興をかって外されたエリオットの末路は暗いです。もちろん、その妻になってしまったエイダも。

父親の方は、表だった罪は犯してないので罰することはできませんが、フェルナンも、カデッツ公爵も許さないので、それなりに酷い目に遭うのではないかと。

もう一つ、転生した『ユリアーナ』は有理の弟の子供になるといいかな。お姉ちゃんに似てると言って有理の名前を付けて、自分を助けてくれた姉の代わりに幸せにすると誓って溺愛してくれて、彼女も幸せになります。

さて、これからですが、ユリアーナはフェルナンに溺愛されている。本当の父親からも溺愛、更にアメリアも親友として可愛がり倒し。とても幸福です。

が、それでは面白くないので、やはりライバルには出現してもらわないと。

隣国の王女がフェルナンに一目惚れして彼に迫る。しかもユリアーナのことを釣り合わないとバカにする。

あ、でもそんなことになったらパパ公爵は『私の娘を愚弄するつもりか』と怒り。ユリアーナがバカにされたと知ったフェルナンもユリアーナが見たこともないような冷たい態度でその王女を追い返してしまうのでは？

ではユリアーナが迫られたら？

乱暴狼藉をはたらくタイプの男達は父と恋人の二人が駆逐。この二枚の盾は強固そう。なので、礼儀正しい隣国の王子と親しくなるユリアーナ。最初はフェルナンのお供として知り合うのだけれど、彼がふとした時に漏らした『ホームラン級の成功です』の一言に興味を持って、自分から彼に近づく。

王子は完全な転生者で、産まれた時から前世の記憶があった。

同じ異世界から来た者として進行を深めていくと当然フェルナンが嫉妬。

でも王子から、頭がおかしくなったと思われるからこのことは秘密にと言われているので説明ができない。しかも王子はユリアーナに惚れてしまっていた。

全てを理解し、共感できる自分を選んで欲しいという王子。

でも、共感できるからというだけの王子と、何者でもない自分を愛してくれるフェルナンでは、ユリアーナが選ぶ相手は決まってます。

つまり、二人は何があろうと幸福だということですね。

ではそろそろ時間となりました。またの会う日を楽しみに、皆様御機嫌好う。

火崎　勇

転生令嬢の婚約破棄後は王太子殿下と甘くとろける溺愛生活

Vanilla文庫

2023年10月5日　第1刷発行　定価はカバーに表示してあります

著　者　火崎 勇　©YUU HIZAKI 2023
装　画　吉崎ヤスミ
発行人　鈴木幸辰
発行所　株式会社ハーパーコリンズ・ジャパン
東京都千代田区大手町1-5-1
電話 03-6269-2883（営業）
0570-008091（読者サービス係）

印刷・製本　中央精版印刷株式会社

Printed in Japan ©K.K. HarperCollins Japan 2023 ISBN978-4-596-52746-2